AF303875

Tucholsky Wagner Zola Scott Fonatne Sydow Freud Schlegel
Turgenev Wallace
Twain Walther von der Vogelweide Fouqué Friedrich II. von Preußen
Weber Freiligrath Frey
Fechner Fichte Weiße Rose von Fallersleben Kant Ernst Richthofen Frommel
Engels Fielding Hölderlin Eichendorff Tacitus Dumas
Fehrs Faber Flaubert Eliasberg Ebner Eschenbach
Feuerbach Maximilian I. von Habsburg Fock Zweig Eliot Vergil
Ewald
Goethe London
Mendelssohn Balzac Shakespeare Elisabeth von Österreich Dostojewski Ganghofer
Lichtenberg Rathenau Doyle Gjellerup
Trackl Stevenson Hambruch Droste-Hülshoff
Mommsen Tolstoi Lenz Hanrieder
Thoma von Arnim Hägele Hauff Humboldt
Dach Verne Rousseau Hagen Hauptmann Gautier
Karrillon Reuter Garschin Baudelaire
Damaschke Defoe Hebbel
Descartes Hegel Kussmaul Herder
Wolfram von Eschenbach Dickens Schopenhauer Rilke George
Bronner Darwin Melville Grimm Jerome Bebel Proust
Campe Horváth Aristoteles Voltaire Federer Herodot
Bismarck Vigny Barlach Heine
Gengenbach
Storm Casanova Tersteegen Gilm Grillparzer Georgy
Chamberlain Lessing Langbein Gryphius
Brentano Lafontaine
Strachwitz Claudius Schiller Kralik Iffland Sokrates
Katharina II. von Rußland Bellamy Schilling Raabe Gibbon Tschechow
Löns Gerstäcker Gogol Wilde Gleim Vulpius
Hesse Hoffmann Morgenstern
Luther Heym Hofmannsthal Klee Hölty Goedicke
Roth Heyse Klopstock Kleist
Luxemburg Puschkin Homer Mörike Musil
Machiavelli La Roche Horaz
Navarra Aurel Musset Kierkegaard Kraft Kraus
Nestroy Marie de France Lamprecht Kind Kirchhoff Hugo Moltke
Laotse Ipsen Liebknecht
Nietzsche Nansen
Marx Lassalle Gorki Klett Ringelnatz
von Ossietzky May Leibniz
vom Stein Lawrence Irving
Petalozzi Knigge
Platon Pückler Michelangelo Kock Kafka
Sachs Poe Liebermann
de Sade Praetorius Mistral Zetkin Korolenko

Der Verlag tredition aus Hamburg veröffentlicht in der Reihe **TREDITION CLASSICS** Werke aus mehr als zwei Jahrtausenden. Diese waren zu einem Großteil vergriffen oder nur noch antiquarisch erhältlich.

Symbolfigur für **TREDITION CLASSICS** ist Johannes Gutenberg (1400 — 1468), der Erfinder des Buchdrucks mit Metalllettern und der Druckerpresse.

Mit der Buchreihe **TREDITION CLASSICS** verfolgt tredition das Ziel, tausende Klassiker der Weltliteratur verschiedener Sprachen wieder als gedruckte Bücher aufzulegen – und das weltweit!

Die Buchreihe dient zur Bewahrung der Literatur und Förderung der Kultur. Sie trägt so dazu bei, dass viele tausend Werke nicht in Vergessenheit geraten.

Die Branntweinpest

Heinrich Zschokke

Impressum

Autor: Heinrich Zschokke
Umschlagkonzept: toepferschumann, Berlin

Verlag: tredition GmbH, Hamburg
ISBN: 978-3-8424-1397-9
Printed in Germany

Rechtlicher Hinweis:
Alle Werke sind nach unserem besten Wissen gemeinfrei und
unterliegen damit nicht mehr dem Urheberrecht.

Ziel der TREDITION CLASSICS ist es, tausende deutsch- und
fremdsprachige Klassiker wieder in Buchform verfügbar zu
machen. Die Werke wurden eingescannt und digitalisiert. Dadurch
können etwaige Fehler nicht komplett ausgeschlossen werden.
Unsere Kooperationspartner und wir von tredition versuchen, die
Werke bestmöglich zu bearbeiten. Sollten Sie trotzdem einen Fehler
finden, bitten wir diesen zu entschuldigen. Die Rechtschreibung der
Originalausgabe wurde unverändert übernommen. Daher können
sich hinsichtlich der Schreibweise Widersprüche zu der heutigen
Rechtschreibung ergeben.

1. Der Reisegefährte.

Auf meiner Reise von England machte ich eines Tages angenehme Bekanntschaft, in einem Gasthof, mit einem liebenswürdigen jungen Herrn. Er fiel mir eben so sehr auf durch seine männliche Schönheit und durch Anmuth seines Betragens, als durch sein niedergeschlagenes Wesen. Er sprach wenig. Als er aber zufällig hörte, daß ich ein Schweizer sei, reichte er mir mit traurigem Lächeln die Hand, nannte mich Landsmann, und lud mich zuletzt sogar ein, ihm bis in die Schweiz Gesellschaft, in seinem bequemen Reisewagen, zu leisten. Ich nahm es mit Vergnügen an.

Unterwegs erfuhr ich, daß er *Fridolin Walter* heiße, und Arzt sei. Er hatte einen reichen Lord und dessen Familie vier Jahre lang auf Reisen durch Europa begleitet, und war durch dessen Dankbarkeit und Freundschaft nicht nur im Besitz eines unabhängigen Vermögens, sondern auch eines lebenslänglichen Jahrgehaltes. Er hatte dem Lord und einer Tochter desselben, durch seine Kunst, das Leben gerettet.

»Da Ihr das gekonnt habt, lieber Doktor,« sagt' ich: »so könntet Ihr mir vielleicht auch helfen.« Ich klagte ihm, daß ich seit geraumer Zeit Beschwerden des Magens, schlechte Verdauung, öfters am Morgen Reiz zum Erbrechen verspüre. – Meine Klage gab zu einem sonderbaren Gespräch Anlaß. Denn er sah mich eine Weile mit seinen schwarzen Augen fest an, als wollt' er mich durch und durch schauen; dann sagte er ganz trocken: »Es kann mit Euch, Herr Landsmann, noch ärger kommen!«

– Das verhüte Gott! – rief ich erschrocken: Ich weiß nicht, was Schuld daran ist.

Er antwortete: »Aber ich weiß es schon seit einigen Tagen, da wir mit einander reisen. Der Schnapps, den ihr zuweilen nehmt, ist Schuld, wiewohl Ihr, Herr Landsmann, eben nicht zu viel trinkt, z. B. nur Morgens nüchtern etwa ein Gläschen Rum; nach dem Mittagessen ein Glas Kirschwasser zum Kaffee; Abends noch einmal zum Schlaftrunk eins.«

– Ei, Ihr treibt wohl Euern Spaß mit mir Doktor! entgegnete ich: ein Glas guten Likörs zuweilen kann nicht schaden, da ich sonst einfach zu leben gewohnt bin. Das bringt mir ein leichtes Wohlbehagen; stärkt und wärmt mir den Magen; regt meine Lebensgeister etwas an, und Alles geht zehnmal besser von statten. Ich schwör' Euch, die ganze Welt sieht nach einem mäßigen Schnapps viel freundlicher aus, als vorher.

Der Doktor erwiederte: »Ganz recht! Das ist allezeit die gute und die *erste* Wirkung von gebrannten Wassern. Darum liebt man dies Getränk auch allgemein. Aber die unfehlbare, *zweite* Wirkung ist nicht so gut; es macht Euch hintennach schläfrig, schlaff und abgespannt; schwächt Magen und Eingeweide; überreizt dabei die Nerven; zersetzt endlich das Blut in den Adern, daß es mit der Zeit wie geronnen wird; macht bei herrschenden Fiebern und Seuchen im Lande den Körper für dieselben weit empfänglicher, und wenn den Menschen irgend einmal eine Krankheit befällt, wird sie gefährlicher, als bei andern Leuten, die keiner hitzigen Getränke gewohnt sind.«

– Ei, ei, Doktor, Ihr müßt es nicht zu arg machen! rief ich: das mag bei Trunkenbolden der Fall sein.

»Nein, gar nicht, Herr Landsmann!« versetzte er: »es ist wirklich schon bei Euch der Fall. Der Himmel verhüte, daß die Cholera kömmt; Ihr wäret wahrscheinlich ihr Opfer. Zu London starben von den Cholerakranken sieben Achtel unrettbar weg, und zwar von denen, die sowohl in den höhern Ständen als in der ärmern Volksklasse, täglich gern ihren Schnapps nahmen. Ihr könnt Euch darauf verlassen und die Erfahrung hat es bewiesen, daß von zehn jungen Männern, die vom zwanzigsten bis dreißigsten Jahre *alltäglich* nie mehr, als ein oder zwei Spitzgläser Likör trinken, nach Verlauf von zehn Jahren *über die Hälfte* gestorben sind und die andern vor der Zeit kränklich werden.«

– Aber, bester Doktor! rief ich: Es gibt doch nicht nur Trinker, sondern Säufer, die bei ihrem Brannteweinglase alt und grau geworden sind!

Der unerschütterliche Doktor erwiederte: »Dies alte Vieh aber, seht es nur recht an, hat sich nicht nur um die besten Leibeskräfte, sondern auch um die Verstandeskräfte gebracht. Seht ihren verworrenen, starren Blick; das Zittern ihrer Hände! Diese Einzelnen machen eine Ausnahme von den Frühsterbenden, aber keine Ausnahme von den Folgen ihrer Sünde. Was dem saufsüchtigen Vater nicht geschieht, das müssen die Kinder büßen. Betrachtet die Kinder! Sie sind schwächlich, gliedersüchtig, bleich; haben Drüsengeschwülste und andere Leibesschaden. Machen sie es mit dem Branntewein dem Vater nach, so sterben sie vor dem dreiundzwanzigsten Jahr.«

– Nun, nun! sagt' ich: da habt Ihr freilich Recht. Ich kenne dergleichen. Aber man muß *Gebrauch* vom *Mißbrauch* unterscheiden.

»Allerdings, Herr Landsmann!« antwortete er: »Auch ist der Gebrauch gebrannter Wasser häufiger, als der sogenannte Mißbrauch. Darum aber hören beide nicht auf, ihre schädliche Wirkung für den menschlichen Leib zu äußern, wie Ihr schon an Euch selber verspüret. Branntewein ist unter allen Umständen Gift. Merkt Euch das! Er dient nicht, als Getränk, zur Löschung des Durstes; sondern umgekehrt, er vermehrt den Durst. Er dient nicht zur Nahrung, denn er hat durchaus keine nährenden Theile; sondern umgekehrt, er schwächt Euch offenbar Magen und Eingeweide. Er nützt also nichts zur Erhaltung unserer Gesundheit, sondern hilft zur Zerstörung derselben. Schon die Gesichter der Trinker, wenn Ihr ein wenig aufmerksam darauf seid, verrathen das. Die, welche in der ärmern Volksklasse nur Branntewein von Korn, Erdäpfeln, Reiß trinken, haben ein blasses, mißfarbenes, schwächliches Ansehen. Wohlhabendere, die Kirschwasser, Franzbranntewein, ausländische, starke Weine und Liköre genießen, bekommen davon ein röthliches, aufgetriebenes, kupferiges Gesicht. *Gott zeichnet die Sünder.*«

– Doktor, sagt' ich: Ihr macht mir fast bange für mein hübsches Gesicht. Ich meine, das Schädliche im Wein und Branntewein sei der *Mißbrauch* und bleibe dabei. Nur Mißbrauch macht ihn zum Gift.

»Nein, Landsmann, der nicht allein!« rief der Doktor: »sondern der *Weingeist* ist das Gift! Mit einem bis zwei Trinkgläsern voll *reinen* Weingeistes kann man einen gesunden Menschen, der sonst keine starken Getränke nimmt, geradezu *tödten. Vermischt* mit Anderm, setzt der Weingeist Krankheitsstoffe im Leibe an. Wein und Bier, sehr mäßig getrunken, sind weniger nachtheilig, als bloßer Branntewein, weil sie *weniger Weingeist* enthalten. Denn in hundert Maß Bier sind höchstens nur bis 2 Maß Weingeist; in unsern Landweinen enthalten 100 Maß etwa 4 bis 8 Maß Weingeist; aber gute französische Weine gleicher Menge haben 10 bis 19 Maß jenes Giftes; spanische und portugiesische aber 19 bis 25 Maß; hingegen Branntewein, Likör, Kirschwasser, Zwetschgen-, Erdäpfelbranntewein und Rum haben, in 100 Maaß, 24 bis 53 Maß Weingeist. Das macht einen Unterschied!«

– Ihr glaubt also im Ernst, Doktor, der Weingeist sei das Verderbliche, oder Giftige? Und doch braucht man ihn ja sogar zu Arzneien?

»Ganz gewiß. Landsmann, so gut, wie man Quecksilber zu Arzneien gebraucht, aber nicht zur Nahrung, oder zum *täglichen Gebrauch*. Weingeist ist und bleibt Gift, wie Quecksilber; durchdringt Blut und Knochen, wie Quecksilber; wird von allen innern Theilen, die er angreift, abgestoßen und verworfen, wie Quecksilber; und geht zum Theil unverändert wieder ab und bleibt zum Theil unverändert im Leibe, wie Quecksilber.«

– Der Henker hole alle Weingeist- und Quecksilberkuren! schrie ich: Was rathet Ihr mir für meinen Magen, und gegen mein Uebelbefinden. Ich muß doch trinken. Verschreibt mir etwas.

»Nichts,« rief der unbarmherzige Arzt: »Ihr dürfet wohl bescheidener Weise Wein und Bier trinken; besser aber noch, für Eure Gesundheit gutes, reines Wasser. Um Euch wieder kerngesund zu machen, nehmt Morgens nüchtern einige Gläser frischen Wassers und eben so viel Abends vor Schlafengehen; und zwar alle Tage. Trinket keinerlei gebranntes Wasser, denn es ist ein künstlich fabrizirtes Getränk, *kein natürlicher Trank*. Ich verspreche Euch, Landsmann, Ihr sollt schon nach einem halben Jahre wieder gesunden Magen, gesunde Eingeweide haben und die besten Wirkungen davon für Eure Gesundheit empfinden. Ich bitte, folgt meinem Rath. Unsere Vorfahren waren stärkere Leute. Sie tranken den Branntwein nicht, weil sie ihn nicht hatten und nicht kannten. In den Apotheken fand man ihn unter dem Namen **aqua vitae**, d. h. *Lebenswasser*. Er diente zum Heilmittel Jetzt heißt er bei den Wilden in Amerika *Tollwasser*, und die Wilden haben Recht.«

Ich merkte mir's, wie es Herr Fridolin Walter gesagt hatte. Aber ich füge noch, zur Ermunterung vieler Tausende, die über Unpäßlichkeit meiner Art klagen, dies bei: daß ich, von dem Tage an, des Doktors Rath befolgte; Morgens und Abends ein Paar Glas frischen

Wassers nahm, und nur bei Tisch Bier oder Wein; daß ich schon
nach einem Vierteljahr die guten Wirkungen für meine Gesundheit
davon mit Freuden spürte, und daß ich seitdem in meinem Hause
alle gebrannten Wasser abgeschafft habe und sie gänzlich meide.
Seit drei Jahren brauch' ich weder Doktor noch Apotheker.

2. Zwei traurige Briefe.

Wir beide, Fridolin und ich, wurden auf der Reise täglich vertrauter. Er war ein herziger Mann. Doch seine Traurigkeit blieb dieselbe. Nichts konnte ihn zerstreuen. Doktor Walter schien viel zu edel, um ein böses Gewissen zu haben. Was konnte ihm also bei seinem erworbenen Wohlstand, bei seiner blühenden Gesundheit. in der vollen Frische seines Lebens, so sehr am Herzen nagen? Gewiß, dacht ich, hat er in England eine fehlgeschlagene Liebschaft gehabt. Denn daß er unverheiratet war, hatte ich schon herausgebracht.

Ich machte ihm eines Tages, als wir im Wagen beisammen saßen und schnell dahin flogen durch die schönen Landschaften, wegen seines Trübsinns freundschaftliche Vorwürfe. »Ihr könntet und solltet der glücklichste Mensch unter Gottes Sonne sein!« sagt' ich: »öffnet mir Euer Herz; vielleicht kann ich ebenfalls Euer Arzt werden.«

»Das könnet Ihr nicht!« sagte er mit unterdrücktem Seufzer. »Ich bin unglücklich. Mir hilft Niemand. Doch kann ich Euch wohl die Ursache meines Grams entdecken. Vielleicht thut mir's gut, wenn ich wenigstens mit einem theilnehmenden Freunde von meinem traurigen Schicksal sprechen kann. Da, lieber Landsmann, leset selber, was mich so schnell nach Hause ruft.«

Er zog jetzt eine prächtige Brieftasche hervor und richte mir daraus zwei Papiere. Das eine war ein Brief seiner Mutter. Der lautete also:

»Wenn du dieses Schreiben empfängst, lieber Fridolin, bin ich schon lange eine verlassene Wittwe. Komm zurück, liebes Kind, und werde die Stütze deiner unglücklichen Mutter. Dein Vater lebt nicht mehr. Ein Schlagfluß raffte ihn schnell aus der Welt. Schon im Herbst vorigen Jahrs hatte er einen Anfall davon. Ich schrieb dir nichts darüber, um dich nicht zu ängstigen. Der Arzt hatte ihm vergebens mehr Enthaltsamkeit empfohlen beim Weinglase. Er ergab sich leider dem Trunk! Das ward sein und unser Unglück. Gottes Wille geschehe! Ich hatte die letzten zwei Jahre großes Hauskreuz; denn ich sah, wie es mit unserm Vermögen immer mehr zurück ging. Unser kleines Gut ist ziemlich verschuldet. Vermutlich wird kaum mehr gerettet, als mein Eingebrachtes. Ich fürchte, unser Haus muß verkauft werden. Komm also schnell zurück, du mein letzter Trost!«

»Noch bereite dich auf einen harten Schlag des Schicksals. Im Hause unsers Nachbars Thaly hat sich vor mehr denn sechs Wochen ein über alle Beschreibung entsetzliches Ereigniß zugetragen; furchtbarer, als das unsrige. Ich sage dir nur, Thaly lebt nicht mehr. Seine Tochter Justine, die dir so lieb war, ist verschwunden, niemand weiß, wohin? Alle Nachsuchungen sind vergebens geblieben. Der alte Thaly hat schändlich gehandelt; viele Leute betrogen; auch uns. Sein Vermögen reicht nicht hin, die vielen Schulden zu zahlen. Das arme Mädchen dauert mich. Lieber Fridolin, säume nicht. Verlaß Alles und eile mir zum Beistand.

»Deine tiefbetrübte Mutter.«

Der andere Brief, den mir Fridolin gab, war ebenfalls von einer weiblichen Hand geschrieben, aber ohne Datum und ohne Angabe des Orts. Er lautete:

»Erschrick nicht, mein ewig teurer Fridolin, wenn ich dir melde, daß dieser Brief der letzte ist, welche ich dir schreien darf und will. Zwar hange ich an dir noch mit heißem Herzen. Aber mag dies Herz brechen; deine Verlobte, deine Braut kann ich nicht mehr sein. Es ist gut, daß sich deine Aeltern unserer Vereinigung widersetzten. Denn ich habe das Schauderhafteste erleben müssen, was der Mansch erleben kann. Schreiben mag ich's nicht. Du wirst es nur zu früh erfahren. Vergiß mich! Ich entlasse dich aller deiner Versprechungen. Der Ring, den ich von dir bisher trug, soll für dich in die Hand deiner Mutter zurückkommen. Gib ihn einer glücklichern Tochter, die deiner würdiger ist. Ich lebe und leide fern von deiner und meiner Heimath. Im Wohlstand erzogen, bin ich jetzt zur Dienstmagd geworden. Für mich hat die Welt keine Freude mehr. Für mich ist Alles Nacht und Tod.«

»Lebe wohl, lieber, theuer Fridolin! – – Vergiß mich! – Nun hab' ich das Schwerste vollbracht; nun den ewigen Abschied von dir genommen. Vergiß mich! Forsche nicht nach meinem Aufenthalt; und wenn du ihn fändest, würdet du ihn vergebens gefunden haben. Ich sehne mich zu sterben. Vielleicht erbarmt sich meiner bald der Tod. Leb' wohl! leb' wohl!«

»Justine Thaly.«

3. Ein Unglücklicher.

Als ich die Briefe gelesen hatte, saß ich lange in großer Bestürzung da; denn zwei dergleichen, das fühlt' ich wohl, waren hinreichend, einen jungen Mann, der ein Herz, wie mein Freund, im Busen trug, zur Verzweiflung zu treiben. Ich konnte mir jetzt wohl seine Scheu vor starken Getränken erklären. Denn er hatte durch Schuld derselben seinen Vater und einen guten Theil seines Vermögens eingebüßt. Besonders aber erschütterten mich die Zeilen dieser Justine Thaly. Es lag darin ein schreckliches Geheimniß, was die Unglückliche nicht einmal den Muth hatte, selber zu gestehen. Was hatte sie verbrochen? War sie verführt? War sie entehrt? – Nun, dann war die Leichtsinnige der Vergessenheit werth. Für ein verführtes Weib gibt es keine Entschuldigung; *jede Jungfrau muß die Hüterin ihrer eigenen Ehre sein; es kann es kein Anderer werden.*

»Armer Fridolin!« sagt' ich und drückte seine Hand: »Hier kann ich keinen Trost geben. Solche Wunde muß allein die Hand der Zeit und die der Religion heilen.«

Er trocknete von seinen Augen die Thränen. Er schloß krampfhaft meine Hand in die seinige und rief: »Ich bin auf viele Jahre, vielleicht auf immer elend gemacht. Daß mein Vater gestorben ist, so plötzlich; daß er Schulden hinterließ, – – ich könnte, so hart es ist, das Schicksal mit männlichem Muth ertragen. Der Tod ist aller Menschen endliches Loos; Niemand ist auf Erden unsterblich. Die Zerrüttung des häuslichen Vermögens sollte für meine gute Mutter lange kein Kummer sein. Sie weiß nicht, daß ich von der freigebigen Dankbarkeit des Lords und seiner Familie für die Zukunft so ziemlich aller Nahrungssorgen enthoben bin. Aber die arme Mutter! sie hatte »Hauskreuz,« schreibt sie; einige Jahre lang Hauskreuz! Mich quälen böse Ahnungen. Wer machte die fromme, gute Frau jahrelang zur Dulderin? – Ach, und die unglückliche Justine! Dieser Engel, diese Heilige, was ist aus ihr geworden? Warum mußte sie flüchten? Warum will sie mir nun entsagen?«

Hier schwieg er und schluchzte lautweinend. »Freund,« sagte ich: »entweder ist sie an der unheilvollen Begebenheit unschuldig, derentwillen sie entfloh, – –«

»Halt! kein Oder!« schrie *Fridolin:* »Sie ist rein, sie ist schuldlos! Ich kenne sie von frühester Jugend her. Wir waren Nachbarskinder, unzertrennliche Gespielen. Als ich von der Hochschule zurückgekommen war, gelobten wir uns Treue und Liebe bis zum Grabe, obgleich sich unsere Väter haßten und mit einander beständig in Streit und Prozeß lagen. Ich nannte sie meine Verlobte und Braut, ungeachtet unsere Väter uns den Umgang mit einander verboten hatten, und unsere Vereinigung mit ihrem Fluch bedrohten. Wir hofften das Bessere von der Zeit. Darum hatte ich den Antrag des Lords willig angenommen, ihn einige Jahre lang auf seinen Reisen zu begleiten. Und jetzt, nun unserer Verbindung kein Hinderniß mehr im Wege stände, jetzt entsagt sie mir! Noch in dem Briefe. den ich von ihr, wenige Wochen vor diesem schrecklichen, letzten hier, empfangen hatte, beschwor sie mich mit zärtlicher Heftigkeit, bald in die Heimath zurückzukehren. Sie war immer tugendhaft, fromm und treu, muthvoll und entschlossen; – und nun, wie hat das Schicksal sie gebeugt! Warum verhehlt sie mir, die doch sonst mir nichts verhehlte, das schwarze Geheimniß, das uns auf immer trennen soll? Was ist aus ihr geworden?«

So sprach er noch lange. Ich konnte mich bei seinem Jammer der Thränen nicht enthalten. Justines Brief lautete so räthselhaft und zweideutig, daß wir uns vergeblich in Vermuthungen darüber erschöpften. Im Stillen aber zweifelte ich bei mir nicht, das Mädchen sei, während seiner langen Abwesenheit, leichtsinnig und treulos geworden. Doch wagt' ich meinen Argwohn nicht zu äußern, um den jungen Mann nicht zu beleidigen. Allein dergleichen Vorfälle sind nur gar zu gewöhnlich.

Ein unerwarteter Unfall brach plötzlich unser Gespräch ab. *»Justine Thaly.«*

4. Neues Unglück.

Wir waren noch keine Stunde von dem Wirthshaus entfernt, wo wir, in der Nähe der Landesgrenze, zu Mittag gespeist hatten. Der Weg ging nun etwas bergab gegen ein Dorf, in welches wir eben einfahren wollten. Der Knecht des Miethkutschers, von welchem wir für den Tag die Rosse geliehen hatten, trieb diese, wie unsinnig an. Es ging über Stock und Stein die Höhe hinab. Plötzlich aber stürzte der Wagen um. Wir lagen, fest an einander geklammert, mit diesem am Boden; der Knecht hingegen ward weit fortgeschleudert. Zum Glück hielten die Pferde, deren Leitseil der Kerl in der Faust behalten hatte, auf der Stelle an. Bauern, die uns von fern gesehen hatten, kamen eilfertig zur Hilfe herbei und umringten den Wagen. Wir krochen unbeschädigt hervor. Aber der Knecht ward blutend und leblos in das Wirtshaus getragen, wohin auch wir uns begaben.

»Dacht' ich's doch gleich,« sagte *Fridolin* auf dem Weg dahin: »der verdammte Kerl hat ganz gewiß zu viel getrunken, wo wir zu Mittag hielten. Er ist besoffen. Sein rothglühendes Gesicht und sein Flüchen und Schwören verkündeten es schon, als wir einstiegen.«

Es dauerte fast eine Viertelstunde, ehe der Kutscherknecht zu sich selber kam. Fridolin untersuchte und behandelte ihn mit großer Sorgfalt. Der arme Mensch hatte beim Fall eine Rippe und den linken Arm gebrochen, und das Gesicht war ihm blutig geschunden. Er gestand, als man ihn fragte, daß er bei Tisch nur ein halbes Maß Wein, und, auf Zureden der Wirthin, nachher zwei Gläser Kirschwasser getrunken habe. Mehr nicht; aber schon genug für ihn und für uns.

Dieser traurige Zufall, und der beschädigte Wagen des Doktors, der ausgebessert werden mußte, nöthigten uns, das Weiterreisen bis zum folgenden Tag zu verschieben. Indessen hatten wir Abends in unserm Wirthshaus gute Gesellschaft von einigen Beamten und andern verständigen Leuten des Orts. Wir befanden uns im lieben schweizerischen Vaterlande. Es war natürlich, daß wir begierig waren, Neuigkeiten zu erfahren. Man äußerte sich sehr zufrieden über die gegenwärtigen Einrichtungen und Regierungen. Nur der Wirth rief ärgerlich dazwischen: »Es ist mir Alles ganz recht. Aber Unrecht und Sünde gegen das Volk ist's, daß man leichtfertiger

Weise aller Orten das Wirthen und Wein-Ausschenken vermehren läßt und damit die *Liederlichkeit* im *Lande* vergrößert. Ich kenne Marktflecken und Städte, wo je das fünfte Haus ein Wirthshaus, oder eine Schenke ist. Hier in unserm kleinen Orte, wo wir kaum 600 Seelen haben, sind sieben dergleichen Häuser; und, geht hin, alle Abend sind sie voll von Gästen.«

Es gibt zuweilen im Leben eine Zeit, einen Tag, da sich durch wunderbare Fügung der Umstände eine und dieselbe Sache öfters wiederholt; oder gewisse Dinge sich ereignen, die alle auf einen und denselben Zweck hinzuwirken scheinen. Man gebe nur recht Acht darauf. Mich dünkt, dergleichen komme weder im Welt- noch im Lebenslaufe ganz von ungefähr. Denn weder der Gang der Welt, noch der Gang des Lebens ist bloßes Spiel eines blinden Ungefährs. Ich sehe darin Gottes Finger, der auf etwas hin deutet, daß wir es aufmerksamer beachten sollen. Es liegt in dem sonderbaren Zusammentreffen der Umstände eine warnende oder ermunternde Lehre des Schicksals für uns.

So mußte ich's für eine solche Schicksalspredigt annehmen, daß an dem gleichen Tage mir erst Doktor Walter die Gefahr meiner Liebhaberei von starken Getränken schilderte; daß mir dann der plötzliche Tod seines Vaters und das Unglück seiner Familie, als Folge einer ähnlichen Liebhaberei, mitgetheilt werden mußte; daß endlich bald darauf der Rausch unsers Fuhrmanns uns in die größte Lebensgefahr stürzte. Ich bekenne, daß mich dies Alles, was sich hier zusammengedrängt hatte, nachdenklich machte; und daß es in mir den Vorsatz befestigte, von nun an den gebrannten Wassern den Abschied zu geben.

Aber diese Geschichte hatte noch andere Folgen auf mein Leben.

5. Ein Gespräch, wie man's im Wirthshaus selten hört.

»Brodneid! Brodneid, Herr Wirth!« rief lachend einer der Anwesenden.

»Nein, Herr,« antwortete der Wirth: »ich spreche nicht aus Eigennutz; sondern mich jammert des armen Volks. Von Jahr zu Jahr wird es zucht- und sittenloser, und daran ist die Vermehrung der Wein- und Brannteweinschenken Schuld. Denn je zahlreicher die Gelegenheiten der Verführung vorhanden sind, je zahlreicher wird die Menge der Verführten werden; je zahlreicher die Saufhänser, je mehr Säufer! Leset nur die Zeitungen. Ich habe manches daraus aufgezeichnet. Im Kanton *Bern* z. B. waren im Jahre 1832 schon über 900 solcher Wirthschaften; jetzt sind deren bei anderthalbtausend. Damals wurden etwa 400 Kleinhandelspatente ertheilt; jetzt werden über 1100 ausgegeben. Je auf 400 Seelen im Lande kann man eine Wirthschaft mit Wein und Branntewein zählen. Im Jahr 1832, sag' ich Euch, wurden im Kanton Bern 3 bis 4 Millionen Maß Wein, und 248,000 Maß gebrannte Wasser eingeführt. Das dünkt Euch viel; aber jetzt werden bei sieben Millionen Maß Wein, und gegen 500,000 Maß Branntewein eingeführt. Dabei brennen Viele noch aus Obst und Weinträbern, oder Erdäpfeln ihren Fusel für eigenen Hausverbrauch. Viele Menschen trinken schon Morgens vor dem Frühstück, und wieder über Tag und wieder Abends; sogar kleine Buben trinken Branntewein. So ist's im Kanton *Freiburg, Solothurn, Aargau, Zürich* und anderswo. Sonst wurde aus der Landschaft Basel ungeheuer viel Kirschwasser nach Frankreich verkauft. Jetzt stockt der Handel damit; aber das Kirschwasserbrennen stockt nicht. Was machen die Baseler Bauern damit? Antwort: *sie saufen es alle Jahre selber rein auf.* Im Kanton Aargau bin ich vor etlichen Wochen auf der Landstraße bald da, bald hie Luzernern begegnet, mit Fäßlein auf dem Rücken. Was habt ihr darin? fragte ich. Zwetschgenwasser! hieß es. Die hausiren also damit. So steht's!«

»Brodneid! Purer Brodneid, Herr Wirth!« rief der vorige lustige Bruder wieder: »Es steht am Ende nicht halb so schlimm, wie Ihr es macht.«

Hier erhob ein alter Herr, der ihm gegenüber saß, die Stimme und rief sehr ernsthaft: »Schlimmer, als Ihr meinet und vielleicht wisset. Seid Ihr nicht selber erst Zeuge von dem Unglück gewesen, das diesen beiden Herren durch ihren benebelten Kutscher begegnet ist? und ihnen Schrecken, Schaden und Unkosten verursacht hat? Wäre der Kutscher nüchtern gewesen, er würde noch Arm und Rippen ungebrochen besitzen. Dergleichen Unheilsgeschichten sind heutiges Tages gar keine Seltenheit mehr bei uns. Wo ist ein Dorf, eine Stadt im Lande, worin man nicht Saufgesellschaften und Schnappsbrüder hätte? wo man nicht alle Wochen einmal einen dieser Kameraden verstandlos über die Straße taumeln, oder in einem Graben, in einer Pfütze liegen sähe? oder wo man nicht von Raufereien, Schlägereien und Messerstichen hörte? Wie viele Unfälle mit Fuhrwerken, Schiffen und Flößen rühren daher! Wie manche Feuersbrunst entsteht durch Sorglosigkeit oder Unvorsichtigkeit, zu welcher der allzuhäufige Gebrauch des Weins oder Brannteweins Veranlassung gibt! Die Armuth der untern Volksklassen vermehrt sich auffallend, seit die Verbreitung des Brannteweins und seines täglichen Gebrauchs von Jahr zu Jahr zunimmt. Unzucht, Müßiggängerei und Dieberei wird seitdem von Jahr zu Jahr überhandnehmender. Vaterschaftsklagen vor Gerichten werden seitdem häufiger. Die Gemeinden werden seitdem mit unehelichen Kindern immer mehr beladen. Kömmt einmal eine herrschende Krankheit, Nervenfieber, rother Ruhrschaden und dergleichen ins Land: so ist Jammer und Verheerung groß, trotz aller Kunst und der größern Anzahl unserer Aerzte. Jede Krankheit rafft die Leute weg; sie sterben in Menge, wie die Mücken; denn sie waren schon, ohne es zu wissen, durch täglichen Genuß ihres Fusels und Likörs fürs frühe Grab reif gemacht. Und die Regierungen wissen das, hören das, und thun nichts dagegen. Sie bauen, statt die Quelle zu verstopfen, Weiher und Teiche, um den Ueberfluß darin zu sammeln. Sie bauen Armenhäuser, Spitäler, Zuchthäuser. Die wollen fast nicht mehr zureichen. Aber. wie gesagt, an die Quelle des ungeheuern Verderbens denken sie nicht. Die lassen sie, gegen Patentgebühr, lustig laufen.«

Während der Mann sprach, war in der Stube allgemeine Stille entstanden. Der *Wirth* nickte ihm Beifall und rief: »Nur allzuwahr, Herr Friedensrichter!«

Keiner hörte aber aufmerksamer zu, als *Fridolin*. Er sagte: »Ich bin seit mehr denn vier Jahren außer Landes gewesen. Ich bin erschrocken und betrübt, dergleichen zu hören. Nein, von Schweizern sollte solche Verderbniß der Sitte und der öffentlichen, wie der häuslichen Zucht und Ehrbarkeit, nie vernommen werden. Und doch, ihr Herren, was denn anders, als die Habsucht der Wirthe ist Schuld an der Schande und dem Elend, das in unserm Vaterlande ausbricht, an diesem Allgemeinwerden des Weinsaufens und des noch tödtlicheren Giftes, nämlich des Brannteweins?«

Unser Wirth schüttelte den Kopf und erwiederte: »Mit Erlaubniß, ich will zugeben, daß die Gewinnsucht der Wirthe bei ihrem Gewerbe sehr viel zur Verarmung der Gemeinden und Familien beiträgt; daß die Wirthe froh sind, wenn viele Trinker bei ihnen zusprechen und Geld verzehren; daß sie Mitschuld an Verbreitung des Lasters und der Krankheiten in den meisten Ortschaften haben. Allein, verehrter Herr, wenn Ihr den Branntewein *Gift* nennet, so muß ich gestehen, daß die *Giftmischerbande* größer ist, und nicht blos aus Gastwirthen, Wein- und Brannteweinwirthen zusammengesetzt ist. Mehr sag' ich nicht! Redet Ihr, Herr Friedensrichter. Es steht Euch besser, als mir, an.«

Er richtete diese Worte an den alten Herrn, der vorher geredet hatte. *Fridolin* wandte sich auch zu demselben und bat ihn um Aufschluß, woher es komme, daß der Branntewein seit zwanzig Jahren so allgemein und, leider, *ein tägliches Getränk* geworden sei?

6. Bedenkliche Reden eines alten Friedensrichters.

»Wundert Euch keineswegs darüber,« sagte er: »daran ist nicht, wie man oft meint, die Revolution, nicht das fremde Kriegsvolk, das bei uns war, nicht die durch Krieg entstandene Ungebundenheit des Volks Ursach, wie man häufig sagt. Die Menge der Wirthshäuser und Schenken hat's auch nicht gethan. Wenn man sie heut alle abschaffen könnte, würden darum der Branntweintrinker nicht weniger werden. Aber viel hat besonders dazu die Wohlfeilheit des hitzigen Getränkes, im Verhältniß zum Wein, und die Leichtigkeit beigetragen, es zu fabriziren. Daher wird es in Fabriken und Privathäusern in Menge gebrannt aus Trabern und Obst, Kartoffeln, Kirschen, Zwetschgen, Enzian, Korn, Waizen, Gersten; – es läßt sich fast Alles zu dem Gesöff benutzen, wodurch man die menschliche Gesundheit, ohne es zu vermuthen, nach und nach, wie jener Herr sagt, *vergiftet*.«

»Unser Herr Wirth hat aber mit Recht gesprochen, die Giftmischerbande besteht nicht bloß aus den Branntweinbrennern und zahllosen Verkäufern des Gifts. Es sind andere Leute dabei im Spiel, die das unwissende Volk, reich und arm, zum Genuß verführen; welche die Gesundheit von Männern, Weibern und Kindern zerstören; welche Armuth und Unzucht befördern; welche Gefängnisse, Irrenhäuser, Spitäler und Zuchthäuser mit elenden Menschen füllen helfen. Das sind die vornehmen und wohlhabenden Leute, die sogenannten *gebildeten Familien*. Denn auch von ihnen gehören Viele zu den Unwissenden, trotz sie sich für gebildet halten. Da werden außer hitzigen Weinen aus fremden Länder, allerlei Liköre vor und nach dem Essen, und zum schwarzen Kaffee, und zum Frühstück und zum Schlaftrunk vorgesetzt. Wer Fremdes zu ihnen kömmt, wird dazu ermuntert. In der Klasse der Reichen und der Handwerker sind im Verhältnis eben so Viele, denen gebrannte Wasser zum Bedürfniß, durch Gewohnheit, geworden sind, als unter Landleuten und Taglöhnern. Daher findet man bei ihnen auch eine Menge kränklicher, schwächlicher Personen, die den Doktor beständig im Hause haben müssen, und schon im Keim verderbte, schwächliche Kinder erzeugen!«

»Aber diese vermeinten gebildeten Leute lassen es nicht dabei bewenden. Sie verbreiten auch das Brannteweingift im Volk, als Alltagsgetränk. Sie geben es ihren Arbeitern; sie geben es in der Aernte ihren Dreschern und Heuern; sie geben es ihren Wäscherinnen; sie setzen es vor, wenn man ihnen Zinsen bringt und so bei allen Gelegenheiten. Sie bilden sich wohl gar in ihrer Unverständigkeit ein, den Arbeitern und Taglöhnern dadurch mehr Lust und Kraft zur Arbeit zu geben. Ja freilich in der ersten Stunde reizt der Fusel die Lebensgeister auf, und es wird munter geschafft; aber in den nächsten darauf folgenden Stunden stellt sich ganz natürlich Mattigkeit, Schläfrigkeit der Glieder und Verdrossenheit ein. Das sollten doch die unwissenden gebildeten Leute aus an sich selbst gemachter Erfahrung wohl wissen! Es ist Thatsache, daß von zwei gleich starken Arbeitern oder Taglöhnern, derjenige, welcher keinen Branntewein nimmt, im Tage *mehr* schafft und mit *mehr Umsicht* und *Ueberlegung* zu Werke geht, als der Trinker. Dieser gleicht einem Reisenden, der anfangs schnell läuft, Andere anfangs zurückläßt, aber bald ermattet und hinter denen zurückbleiben muß, die ihren regelmäßigen ruhigen Schritt gehen.«

Ein kleiner Mann, der das Ansehen eines begüterten Bauers hatte, unterbrach den Friedensrichter in seiner Rede und rief: »Richtig! das weiß ich am besten. Vier nüchterne Arbeiter, die ihren Durst mit Wasser und Milch oder leichtem Bier löschen, schaffen im Tag mehr, als fünf Schnappsbrüder. Ich dulde dergleichen auf meinem Hof nicht, und befinde mich wohl dabei. Ein Schnappsbruder spart sein Geld weder für sich, noch für Weib und Kind auf; wie sollte er daran denken, für einen Fremden Geld sparen zu helfen?«

Der *Friedensrichter* sagte darauf: »Ich weiß, Gevatter, Ihr habt Jedem bei Euch den Abschied gegeben, der Branntewein liebt, und habt Euern guten Vortheil dabei gefunden. Man sieht in Euerm Hause kein gebranntes Wasser. Möchten es alle ehrliche, habliche Leute, alle verständige, wahre Volksfreunde machen, wie Ihr. Dem überhandnehmenden Unwesen wäre zum Glück des Landes bald abgeholfen. Aber wenn wohlhabende Familien, Fabrikanten, Beamte, sogar Geistliche und Schullehrer ihrem Gesinde, ihren eigenen Kindern, ihren Arbeitsleuten, mit dem Wohlgefallen an starken Getränken und ihrem bösen Beispiel vorangehen, was soll man vom gemeinen Mann erwarten? Sie sind die vornehmsten Unheilstifter und Volksvergifter!«

»Ja, ihr Herren,« fuhr der Friedensrichter fort: »was noch mehr sagen will, die Männer, denen man die Beförderung des öffentlichen Wohls anvertraut, die sind es, welche durch ihren Unverstand, oder durch ihre Gewissenlosigkeit in unserm beklagenswerthen Vaterlande alle jene Leiden, Verbrechen und Gräuel, die aus *täglichem Gebrauch* starker Getränke entstehen, immer mehr erweitern helfen; Armuth und Spielsucht, Wollust, Prozeßsucht und Verschwendung. Diebstahl und Schlägereien, ungesunde Nachkommenschaft und Krankheiten aller Art. Da stehn die Herren Geistlichen auf der Kanzel; halten unter sich Versammlungen; schreien über Verfall der Religion; jammern über zunehmende Sittenlosigkeit; aber wer von ihnen legt in seiner Gemeinde Hand ans Werk, die geheime Quelle der Laster und Sünden, den alltäglichen Genuß geistiger Getränke, zu vernichten? Mit dem Predigen und Jammern und Ermahnen zum Glauben ist's wahrhaftig nicht allein abgethan. Und sieht man nicht selbst *Geistliche in Wirthshäusern?* Sieht man nicht selbst Pfarrer und Mönche, die Trunkenbolde sind? Sieht man nicht selbst *Jugendlehrer* und *Professoren* bei wilden Saufgelagen lärmen, die dem Trunk ergeben sind und der bessern Jugend zum Aergerniß und Gelächter werden? Aber, ihr Herren, so allgemein ist bei uns schon das Laster geworden, daß es nicht mehr für Laster angesehen wird; daß man es kaum noch für eine kleine Unart, für eine verzeihliche Schwäche hält; daß man sich einander sagt: *ein Räuschlein in Ehren, soll keiner wehren!* So weit sind wir schon gekommen!«

»Unsere Doktoren sollten für die Gesundheitspflege im Volk wachen und sorgen. Sie am ersten sollte, wenn sie gewissenhafte, wohlmeinende Männer wären, vor dem Mißbrauch starker Getränke warnen; und Mißbrauch, sag' ich, ist auch schon deren *alltäglicher Gebrauch.* Sie wissen am besten, zu wie vielen körperlichen Uebeln dieser tägliche Genuß führt. Sie wissen am besten, wie vielerlei Krankheiten von Brannteweingift entstehen und entwickelt werden; und wie gefährlich einem Jeden, der sich hitzige Getränke zur Gewohnheit macht, eine Krankheit wird, die jedem Andern weniger schadet Aber diese Doktoren, muß ich fast glauben, sorgen mehr dafür, Patienten zu bekommen. An gesunden Leuten ist ihnen nichts gelegen. Sie warnen uns nicht; sie verbieten den ihnen vorteilhaften Branntewein und Likör nicht in den Häusern, wo sie Zutritt bekommen; am wenigsten in reichen Häusern. Ist das Leichtsinn von solchen Männern, oder Gewinnsucht?«

»Und, ihr Herren, was soll ich von unsern Regenten und Gesetzgebern sagen, unter denen selbst manche Zechbrüder, auch Weinhändler, Likörfabrikanten, Wirthe u. s. w. sitzen? Ich will nicht von trinklustigen Beamten reden, die sich nur zu oft Willkür, Ungerechtigkeit oder Rohheit erlauben, wenn sie ein Gläschen zu viel genommen haben. Kennet ihr keine Beispiele von dergleichen falschen Mustern christlicher Obrigkeiten? – Nur noch von den verkehrten, sittenmörderischen Einrichtungen und Gesten und Verordnungen im Lande will ich sprechen. Sie gestatten jährlich 4 bis 6 *Tanzsonntage*, guter Zucht willen; aber so viel *Saufsonntage*, als Sonntage im Jahr sind. Statt die zahlreichen Branntweinbrennereien zu mindern, hat man sie sich vermehren lassen, und die Gewerbsfreiheit in Lasterfreiheit verwandelt. Die Menge der Brennereien erschwert die nothwendig strenge Aufsicht. Statt den Branntewein durch Ohmgelder und Abgaben zu vertheuern und für den gemeinen Mann kostspieliger zu machen, verteuert man lieber mit Steuern und Ohmgeldern den unschädlichen Wein, und zwingt damit den Wenigbemittelten, sich an die destillirten Getränke zu halten und den Genuß derselben zur Gewohnheit zu machen. So gestatten und begünstigen die Regenten die Vergiftung des Volkes, seiner Gesundheit und Sitten. Keine Luxusabgabe wäre wohltätiger, als die schwerste auf Weingeist und daraus bereitete Getränke; auf deren Einfuhr, Fabrikation und Verbrauch in öffentlichen und Privathäusern. Ja, jene Herren, die sich sogar Landesväter und Volksfreunde nennen lassen, sind es, die durch ihre Nachsicht gegen den ungeheuern Verbrauch des Brannteweins in unserm Lande fast mehr Wittwen und Waisen, mehr Krüppel und Kranke, mehr Selbstmörder und Wahnsinnige gemacht haben, als vielleicht der Krieg gemacht haben würde.«

Als der Sprecher schwieg, rief der *Wirth:* »Fahret fort, es ist Wahrheit und nichts übertrieben!«

»Nun ja!« sagte der *Friedensrichter:* »Wozu wiederholen, was Ihr selber schon gesagt habt? Durch Begünstigung des Brannteweingebrauchs werden die Menschen leichtsinniger, verschwenderischer, träger, ärmer und gefühlloser für die Schande. Dann klagt man über Mangel an guten Armenanstalten. Wer aber hat die Armuth befördert? der Gesetzgeber! Armuth und Liederlichkeit verleiten zu zahllosen Polizeivergehen, Diebereien, Betrügereien und Verbrechen. Man wird wenig Missethäter finden, die, ehe sie ihre That begingen, sich nicht vorher durch einen Schluck Branntewein erhitzt und ermuthigt hätten. Der Straßenräuber, der Dieb, ehe er sich an ein Unternehmen wagt, wird zuvor einen Schnapps hinunterstürzen. In den gerichtlichen Verhören achtete man bisher viel zu wenig darauf, darüber nachzuforschen. Fragt aber Mann um Mann in den Gefängnissen und Strafanstalten, und ihr werdet die Hälfte der Leute als Wein- und Brannteweinsäufer erkennen. Und dann klagt man, daß die Zuchthäuser für die Menge der Sträflinge zu enge werden. Wer hat denn die Vermehrung der Verbrechen und Vergehen vorher befördert? der Gesetzgeber selbst ist der Urheber des öffentlichen Verderbens. – Doch kein Wort darüber mehr.«

Jetzt stand ein Herr im schwarzen Kleide auf, den man einige mal, als Advokaten und Rathsherrn, betitelt hatte. Er rief: »Herr Friedensrichter, noch habt Ihr Eins vergessen. Wir haben ein Gesetz, welches sogar die Trunkenbolde vorzugsweise vor den nüchternen Leuten *begünstigt*.«

»Und das wäre?« fragte der *Friedensrichter* etwas verwundert.

»Daß die *Trunkenheit* eines Uebelthäters als *Milderungsgrund seiner Strafe* angesehen wird. Man sagt: er war seiner Sinne nicht mächtig; er war nicht vollkommen zurechnungsfähig! Aber ist es nicht auch schon Verbrechen, seinen Geist zu betäuben, seine Menschenwürde zu besudeln und viehisch zu werden? – Ist der Dieb, oder der Mörder im Rausch keiner Zurechnung fähig: so ist das Gesetz ungerecht, wenn es ihn dennoch bestraft. Man sollte ihn ungestraft laufen lassen, oder allenfalls nur wegen der Trunkenheit büßen, weil sie unanständig ist. In Nordamerika aber versteht es die Gesetzgebung anders. Dort gilt die vorangegangene Betäubung des Geistes durch hitzige Getränke als kein Milderungsgrund der Strafe, sondern das im Rausche begangene Verbrechen wird eben so bestraft ohne Erbarmen, als wäre es in der Nüchternheit verübt. Denn *jeder Mensch ist Herr und Meister, daß er sich nicht selber zum Vieh herab-*

würdige. Jeder kann es verhüten, in einen Zustand zu gerathen, in welchem er nicht mehr weiß, was er Schweres und Folgenreiches begeht. Der Ernst dieses Gesetzes hat dort die Menge der Verbrechen auffallend vermindert. Bei uns in Europa wird es noch lange dauern, bis man die einfachste Wahrheit anerkennt. Wer nüchtern ist, weiß, daß er, sobald er berauscht ist, nicht gut dafür stehen kann, ob er nicht in der nächsten Stunde schon einen Verrath, eine Verschwendung seines Vermögens am Spieltisch, einen Ehebruch, eine blutige Schlägerei, einen Mord, oder ein anderes Unglück vollbracht hat. Der Weingeist riegelt ihm die breite Bahn der Vergehen und Verbrechen auf, schleppt ihn lachend zur öffentlichen Schande, zum Gefängniß, zur Sträflingskette, zum Blutgerüst. Er weiß es nüchtern voraus, daß es auch mit ihm der Fall sein könne, sobald er beim Trinkglase die Vernunft verliert. Er begeht das Verbrechen. Und nun wird ihm der Rausch zum Milderungsgrund der wohlverdienten Strafe gemacht!«

Das Gespräch, welches vielen Wortwechsel veranlaßte, dauerte bis spät Abends, und hatte noch nicht geendet, als ich mich mit meinem Freunde Walter zur Ruhe begab.

7. Eine Entdeckung.

Am andern Morgen reiseten wir zeitig ab, nachdem wir noch einmal unsern unglücklichen Fuhrmann auf seinem Schmerzenslager besucht und mitleidig beschenkt hatten. Er war sehr gerührt. Tausendmal bat er um Verzeihung wegen des Mißgeschicks, welches er uns durch seinen kleinen Rausch verursacht hatte. Er betheuerte, er wolle zeitlebens der empfangenen, schmerzlichen Lehre eingedenk sein; den Wein und Branntewein, wodurch er nun ein elender Mensch geworden, künftig verabscheuen. Es ist mir unbekannt, ob er Wort gehalten habe.

Ich begleitete meinen Reisegefährten bis zur nächsten Stadt. Hier aber mußten wir von einander scheiden, weil unsre Wege nach der Heimath eines Jeden verschieden waren. Wir gelobten gegenseitig Freunde zu bleiben, und, wenn Einer in die Gegend des Andern käme, keinen Umweg zu scheuen und uns zu besuchen. So trennten wir uns nach einer herzlichen Umarmung.

Ich dachte seitdem oft an den liebenswürdigen Fridolin und an das bittere Schicksal, welchem er durch den Tod seines Vaters und gleichzeitigen Verlust seiner Verlobten trug. Ich erzählte daheim von ihm, meiner Frau und Tochter; und oft kam ich in Versuchung ihm zu schreiben, um zu erfahren, wie er sich befände. Aber dann fürchtete ich, seine Wunden aufzureißen, oder nur als zudringlicher Neugieriger zu gelten, der erfahren möchte, ob er über das geheimnißvolle Verschwinden seiner Braut einiges Licht erhaben hätte? So verfloß Jahr und Tag. Nun, nach so langem Schweigen, und, da er mir selber nie geschrieben, hielt ich es fast für unschicklich, mich mit einem Brief an ihn zu wenden. Ich wußte nicht einmal, ob er noch, oder wo er in der Schweiz wohne?

Auf einer Geschäftsreise, die ich im letzten Sommer nach Deutschland machte, hatte ich meine Frau, als Begleiterin, mitgenommen. Sie war erst seit wenigen Wochen von einer Krankheit genesen. Eines Tages, in einem würtembergischen Städtlein, wo wir über Nacht blieben, war sie im Wirthshause zufällig in ein an das Gastzimmer stoßendes Gemach getreten, worin Näherinnen arbeiteten. Nachdem sie da ziemliche Zeit verweilt hatte, kam sie zu mir zurück, und sagte: »Du solltest diese Näherinnen sehen! Eine derselben ist von so ausgezeichneter Schönheit, daß ich unter allen Frauenzimmern, die ich kenne, keine mit ihr vergleichen möchte.«

Ich mußte etwas verwundert über die große Begeisterung meiner Frau lächeln, und sagte: »Was? willst du selber das Herz deines treuen Mannes bei dieser Schönheit in Lebensgefahr bringen?«

Indem trat die geschäftige Wirthin zu uns. und mein Weibchen hatte eben nichts Dringenderes als sich nach der hübschen Näherin zu erkundigen.

»Ei nun ja, das arme Ding!« sagte die *Wirthin:* »es hat auch nichts, als was es auf dem Leibe trägt und muß sein Brod sauer verdienen. Das dumme Ding, wenn es das Näschen nicht allzuhoch trüge, hätte seit den anderthalb oder zwei Jahren, die es hier in der Stadt lebt, längst einen Mann haben können. Sowohl der Metzger Hecht, mein Nachbar, als auch der junge Kaufmann Siebold, der drüben den Gewürzladen hat, sind rechtliche, wohlbemittelte Leute. Das Jungferchen hat aber beiden den Korb gegeben. Es wird ihr nicht wieder so gut geboten werden. Metzger Hecht ist nun seit drei Vierteljahren mit einer Andern verheirathet. Uebrigens muß ich der Wahrheit die Ehre geben, das Mädchen ist fleißig und brav, und dabei geschickt im Weißzeugnähen und Stickereimachen; es soll sogar französisch reden können.«

»Woher ist das Mädchen?« fragte meine *Frau.*

– Aus der Schweiz, oder sonst woher, erwiederte die *Wirthin:* Ich habe sie zuweilen mit den Andern im Taglohn bei mir. Sie wohnt eigentlich bei einer alten Wäscherin in der Kümmelgasse, neben dem Schmied Pinkelmann. Man nennt sie schlechtweg Jungfer Talk; aber sie thut wahrlich, als wenn sie ein gnädiges Fräulein wäre. Man bringt nicht viel aus ihr heraus; und ganz richtig mag es bei ihr nicht sein. Einige wollen behaupten, . . . aber ich will nicht nachreden, was schlechte Mäuler über sie klatschen. Es ist mir gleich, ob sie von einem vornehmen Herrn verführt worden und im Stich gelassen ist, oder nicht. –

»Wäre das Mädchen eine Schweizerin,« sagt' ich zur Wirthin: »so möcht' ich es doch sehen.«

Wir traten in die Nebenstube, wo uns die Wirthin verließ, während wir uns zu den Näherinnen stellten und meine Frau sich mit ihnen in Gespräche einließ. In der That, die jüngste von ihnen, ein Frauenzimmer von etwa 20 Jahren, verdiente das Lob der Schönheit, welches ihr meine Frau gegeben. Ich war überrascht von der Zartheit des seelenvollen Gesichtes, in dessen feinen Zügen stiller Gram schwebte, der die Wangen etwas gebleicht hatte. Die Fülle der blonden Haare war in dichten Flechten, die wie Gold glänzten, um das Köpfchen geschlungen, das sich nie von der Arbeit aufrichtete. Und wie unvortheilhaft auch die halbbäurische Tracht sein mochte, sie konnte den schlanken Wuchs und das schöne Ebenmaß dieser Gliedmaßen nicht entstellen. Ich bedauerte, daß das Mädchen beständig stumm blieb und die Andern für sich reden ließ. So antwortete, auf die Frage meiner Frau, ob sie insgesammt aus dem Städtchen wären? die Aelteste von ihnen: »Ja, wir beide wohl, aber die da (sie zeigte auf den Kopf mit den Goldflechten) ist aus der Schweiz.«

»So?« sagt' ich, und wandte mich zu der Angedeuteten: »Also wären wir Landsleute? Aus welchem Kanton seid Ihr, Jungfer?«

Das Mädchen bückte sich mit dem Gesicht tiefer auf die Arbeit nieder, vermuthlich um ein Erröthen zu verbergen, welches über das Gesicht flog, und sagte mit weicher, leiser Stimme: »Meine Aeltern waren aus verschiedenen Kartonen!«

Ich wollte fortfahren, die artige Landsmännin zu fragen, als die ältere Näherin zu ihr sagte: »Gib mir deine Scheere, Justine!«

Bei diesem Namen, neben welchem mir zugleich der ihr von der Wirthin gegebene einer Jungfer *Talk* einfiel, wandelte mich eine sonderbare Ahnung an. Ich dachte an die Justine des Doktors Walter. Ich sah zu meiner Frau hin; und sie sah zu mir her mit großen Augen.

Wir verstanden einander sogleich, und betrachteten einen Augenblick noch die junge Person. Dann, wie verabredet, verließen wir die Näherinnen, um uns unsere Vermuthungen mitzutheilen. Als wir im für uns angewiesenen Wohnzimmer allein waren, rief sie: »Ist's eine Jungfer *Justine Talk*, oder Fridolins *Justine Thaly?*« Das war die Frage, welche jetzt auf irgend eine Art entschieden werden mußte. Wir verabredeten, mit aller Vorsicht nachzuforschen, und wenn es wirklich Walters gewesene Braut sei, die Unglückliche auf jede Weise zu bereden, mit uns zu kommen: in unserm Hause die

Stelle einer Gehülfin und Gesellschafterin meiner Frau und Tochter anzunehmen, doch ohne ihr unsere Bekanntschaft mit Walter jetzt schon zu verrathen. Ich machte mich sogleich auf den Weg in die Stadt, zum Hause der alten Waschfrau, bei der das Mädchen wohnte. Da ich die Frau nicht fand und lange vergebens gewartet hatte, begab ich mich zum Vorsteher der Stadtpolizei. Hier erfuhr ich mit Gewißheit, die schöne Näherin sei Justine Thaly. Ich eilte freudig ins Wirtshaus zurück, meine Gattin mit der wichtigen Botschaft zu überraschen. Statt dessen aber ward ich von ihr überrascht, als ich sie in unserm Wohnzimmer, und zwar in Gesellschaft des Mädchens, fand, das unsere lebhafteste Theilnahme erregt hatte.

»Jungfrau Thaly hat sich nach deinem und meinem Wunsche bereden lassen, uns zu begleiten,« sagte meine Frau, als ich ins Zimmer trat: »doch müssen wir, ihr zu Gefallen, noch einen Tag länger im Städtchen bleiben, damit sie ihre kleinen Geschäfte in Ordnung bringen könne.«

Ich bezeugte der so glücklich Gewonnenen mein Vergnügen über ihren Entschluß, vereint mit meiner Tochter, die Stütze einer noch etwas kränklichen Hausmutter werden zu wollen. – Sie stand, während ich sprach, mit bescheiden zur Erde gesenkten Blicken vor mir. Dann schlug sie die hellen blauen Augen zu mir auf, und sagte, indem ein dankbares, doch wehmüthiges, Lächeln um ihre Lippen spielte: »Wenn Sie nur nicht zu viel von mir erwarten! Ich weiß nicht, wodurch ich Ihr und Ihrer Frau Gemahlin allzugünstiges Vorurtheil verdient habe. Aber ich werde mich bemühen, so viel es mir möglich ist, Sie nicht ganz unzufrieden zu machen, da ich Ihnen schon jetzt sehr verpflichtet bin, daß Sie mich aus dieser kleinen Stadt nehmen, in der mir der Aufenthalt fast unerträglich gemacht wird.«

Wir blieben, wie ausgemacht war, noch den andern Tag; und den folgenden saß Justine bei uns im Wagen, das Antlitz gegen die Schweizerberge gekehrt.

8. Das schreckliche Schicksal.

Auf Reisen wird man binnen drei Tagen mit einander vertrauter, als sonst in drei Wochen. Das war der Fall bei uns. Justine gewann unser Herz. Auch wir schienen ihr lieb zu werden. Zwar ihre stille Schwermuth verlor sie nicht; doch ward sie gesprächiger, vertraulicher. Sie konnte zuweilen sogar eine Art Fröhlichkeit zeigen. Als wir den vaterländischen Boden betragen und der Rhein hinter uns lag, weinte sie schweigend; ich weiß nicht, ob vor Freuden oder neuerwachtem Schmerz.

Binnen wenigen Tagen war Justine bei uns im Hause schon ganz einheimisch. Sie war Herzensfreundin meiner Tochter geworden, die an ihr mit ganzer Seele hing. Wir behandelten sie aber auch, wie unser eigenes Kind. Durch anhaltende Güte gelang es endlich, sogar ihr hartnäckiges Schweigen über das Geheimniß ihres Grams zu brechen. der sie verzehrte und nicht froh werden ließ.

»Ja, ich fühl' es wohl,« sagte sie, als wir sie eines Tages in Thränen fanden: »Ich wäre höchst undankbar, wenn ich gegen Sie nicht ganz offen sein wollte. Ich will Ihnen die Geschichte meines Elends erzählen, damit Sie wenigstens nicht Argwohn gegen mich hegen, als quäle mich ein böses Gewissen. Ich bin eine arme Waise. Ich hoffe, Sie werden mich doch nicht verstoßen, wenn ich Ihnen Alles vertraut habe, so schwer es mir auch wird.«

So sprach sie. Dann erzählte uns *Justine* folgendermaßen: »Meine gute Mutter ist früh gestorben, wohl ihr; wär' ich's doch, wie sie. Aber nein, Gottes Willen ist weiser und besser, als der meinige. Mutterstelle ersetzte mir viele Jahre eine würdige Frau, die, sowohl zu meiner Erziehung, als zur Leitung des Hauswesens, von meinem Vater angenommen worden war. Ich lebte eine glückliche Kindheit, die nur zu schnell vorüber flog. Ich war kaum fünfzehn Jahre alt, als meine Erzieherin entlassen, und mir die Haushaltung übertragen ward. Mein Vater sprach mir schon damals oft von schlechten Zeiten und von der Notwendigkeit, sich im bisherigen häuslichen Aufwand einschränken zu müssen. Doch war der Aufwand nicht groß; auch bemerkt' ich seinerseits keine Einschränkungen. Wollt' ich aber Ausgaben vermeiden, die mir überflüssig schienen, so sagte der Vater: Du mußt nicht am unrechten Orte zu sparen anfangen!

Wir haben bisher auf einem anständigen Fuß gelebt. Es muß so bleiben; sonst könnt' es meinem Kredit schaden.«

»Nämlich, mein Vater war ein Korn- und Weinhändler. Er besaß nicht weit vom Marktflecken ein schöngebautes Haus und vieles Land dazu. Die Wiesen und Aecker verkaufte er aber nach und nach, um sein ganzes Vermögen in den Handel zu legen und besser zu benutzen. Er war ein herzguter Mann und fröhlicher Gesellschafter. Jeder wollte ihm wohl, mit Ausnahme eines unserer Nachbarn Namens Walter, der ebenfalls in Korn und Wein Geschäfte trieb, aber eine zanksüchtige, neidische Gemüthsart hatte, und unserm Hause vielen Verdruß verursachte. Mein Vater nahm sich das zu Herzen.«

»Ich hatte deswegen manchen Kummer. Ohnehin war die Gesundheit des Vaters nicht die stärkste. Ach. ich wußte damals nicht – – ich muß es sagen, daß er im Ganzen sehr mäßig lebte. Ach, hätt' ich unglückliches Mädchen den Ausgang seiner schon damals anfangenden Krankheit voraussehen können; oder hätt' ich nur dem Rathe eines gewissen jungen Arztes gefolgt, – ich würde vielleicht Alles gerettet haben. Aber, ich unwissendes Ding, hielt das Uebel nicht für so gefährlich; und der junge Mensch war erst von einer deutschen Hochschule zurückgekommen; ich lachte ihn sogar aus.«

Hier unterbrach meine Frau Justines Erzählung, und fragte mitleidsvoll: »Warum grämst du dich, liebes Kind? Du würdest deinen guten Vater doch gewiß nicht gerettet haben. Sein Sterbestündlein war von Gott bestimmt.«

Justine, mit einem unterdrückten Seufzer, antwortete: »Von Gott bestimmt? Meinen Sie, Gott habe ihn aus der Welt gerufen?« – Justine schüttelte traurig den Kopf und fuhr fort: »Anfangs schien Alles freilich mit ihm unbedeutend. Der Vater klagte nur, aber schon geraume Zeit, daß sein Magen nicht in der Ordnung wäre. Er aß wenig; konnte nicht alle Speisen ertragen. Um den Appetit zu reizen, pflegte er jedesmal vor dem Essen erst ein Glas Wermuth-Extrakt oder andern Likör zu nehmen. Eben so mußte er auch Morgens beim Aufstehen thun; denn da quälte ihn vielmals starker Husten und sogenanntes Würgen, daß es mir oft bange machte. Am meisten erquickte ihn ein gutes Glas Wein Mittags und Abends. Jener junge Mensch, der junge Arzt nämlich, wollte mich bereden, ich sollte meinem leidenden Vater jene Magenstärkungen entziehen, die er doch schon manches Jahr mit Nutzen zu seiner Erleichterung gebraucht hatte. Ich verspottete ihn mit seiner etwas grünen Weisheit, wie ich sie nannte. Ein paar Jahre nachher dacht' ich wohl wieder daran. Aber vielleicht mocht' es doch zu spät sein. Ohnehin hielt der Vater ganz und gar nichts von den Doktoren. Er hatte Vorurteil gegen Alle; besonders gegen den jungen Mann, den ich vorher nannte, der – – – unsers Nachbars Walter Sohn war.«

Die letzten Worte sprach *Justine* mit etwas leiser, unsicherer Stimme, indem sie das Gesicht von uns ganz ab, gegen das Fenster wandte. Aber ich bemerkte, daß selbst ihr schöner, weißer Nacken röthlicher zu schimmern anfing.

Erst nach einer Weile erzählte sie weiter: »Der Vater nahm endlich zwischen den Mahlzeiten auch noch ein Glas Wein, wie andere Männer ebenfalls thun. Allein er war dazu gezwungen, weil er viel Sorgen hatte, und sich aufmuntern mußte. *Er trank aber nie zu viel;* nie sah ich ihn wirklich berauscht. Er erhielt dann nur seine alte Lebhaftigkeit und muntere Laune wieder. Doch bemerkt' ich, daß er etwas vergeßlicher ward; daß er nach und nach die helle Uebersicht in seinen Handelsgeschäften verlor; daß er manchmal, wenn er mit seinem starren, leeren Blick der Augen vor mir stand, mir, möcht' ich sagen, wie erschöpft und etwas stumpf vorkam. Er befand sich aber noch im besten Alter; war kaum einige und fünfzig Jahre alt. Die Hinfälligkeit erregte mir Sorgen genug. Er schien auch an Nerven zu leiden, denn er bekam in den Händen das Zittern. Er machte wenig daraus, und verrichtete seine Geschäfte und Reisen, wie immer. Nun klagte er über unruhigen Schlaf; über abscheuliche Träume des Nachts, die er zuweilen vertrieb, wenn er, wie ihm Jemand gerathen hatte, etwas Opium nahm. Allein es kam plötzlich, daß er auch am Tage wunderliche Dinge sprach; mehr noch, wenn's Abend wurde. Er glaubte, zuweilen Personen im Zimmer zu erblicken, die Niemand sah; oder Thiere nahm er wahr, die herumschlichen; oder verstorbene Leute und Gespenster. Er klagte über seine Sünden; sah im Schlaf das jüngste Gericht. Mir ward für seinen Verstand bange. Ich konnte ihn nicht bereden, nicht erbitten, einen Doktor zu berathen. Ich befragte endlich selber den geschicktesten Arzt im Marktflecken und erfuhr nun, daß diese edle Gesundheit durch den Gebrauch verschiedener starker Getränke zu Grunde gerichtet sei.«

»Doch das Maß des Elendes war noch lange nicht voll. Ich sollte Schrecklicheres erfahren und sehn. Mein armer Vater war bei seiner Lebensart nach und nach in Verwaltung der Handelsgeschäfte ein wenig nachlässig geworden; vielleicht auch in guter Gesellschaft beim Weine etwas leichtsinnig; vielleicht hatte er sich, bei abgenommenem Gedächtniß, manche Vergeßlichkeit zu Schulden kommen lassen; vielleicht hin und wieder allzuunvorsichtig Gelder geliehen, um andern Gläubigern zu zahlen. Genug, es kam ein entsetzlicher Augenblick, da alles Verderben über uns mit einem Male hereinbrach. – Ich vermag es kaum auszusprechen.«

»Eines Tages, als ich meinen Vater von einer mehrtägigen Reise zurückerwartete, trat die Köchin zu mir ins Zimmer, wie eine Verzweifelnde. Sie schien seit einiger Zeit kränklich zu sein. Ich hatte sie oft weinend gefunden. Sie erklärte mir jetzt: sie müsse das Haus verlassen; ich solle mich ihrer erbarmen; sie sei verführt und nahe daran, Mutter zu werden, und mein Vater trage die Schuld daran. Ich verging fast voller Entsetzen. Ich glaubte es nicht. Ich überhäufte sie, als ein schlechtes, verläumderisches, boshaftes Geschöpf mit den heftigsten Vorwürfen. Sie schwieg, wimmerte, verließ das Haus.«

»Gegen Abend kam der Vater nach Hause von seiner Reise. Ich nahm mir vor, ihm den Vorfall zu erzählen. Er war aber düster, ärgerlich, gebot mir zu schweigen; ging mit verstörter Miene auf sein Zimmer; wollte nicht zu Nacht speisen und verschloß sich, sobald ich ihm die Kerzen angezündet hatte. Mir ahnete Böses, aber noch nicht das Böseste. Nach einigen Stunden hört' ich ihn die Köchin rufen. Ich eilte die Treppe hinauf zu ihm; sagte, als ich im Zimmer mit ihm allein war, sie sei aus dem Dienste gelaufen. Ich sagte ihm Alles. Er blickte stier und wie gedankenlos vor sich hin. Er antwortete nichts; stand auf; ging durchs Zimmer, aber mit starren, schrecklichen Augen, als wenn er Gespenster sähe; zündete noch drei, vier andere Kerzen an, und schob mir dann auf dem Tisch ein paar Rollen Geldes zu, indem er sagte: Da, nimm, Justine, es ist das Letzte! Auch das gehört uns nicht. Es ist mir gestern anvertrautes Geld. Nichts gehört uns mehr. Ich muß bankerot machen. Ich habe zweimal mehr Schulden, als Vermögen. Da sieh hier ins Hauptbuch. Nimm das Geld. Justine. Sieh zu, in ein gutes Haus zu kommen; du hast etwas gelernt. Du wirst dir wohl durchhelfen können.«

»Ich war bei dieser Rede erstarrt; glaubte, mein Vater rede irre. Ich warf einen Blick in das aufgeschlagene Hauptbuch; las den Rechnungsauszug von seinem Guthaben und seinen Schulden, und stand betrübt da. Aber noch glaubte ich, er könne sich verrechnet haben. – Er hingegen schob mir immer die Geldrollen zu. Ich stieß sie zurück und sagte: Wir wollen lieber ehrlich sein, lieber als uns unehrlich an fremdem Eigenthum vergreifen. – Du hast Recht! rief er und schloß die Augen, indem er in seinem Lehnstuhl zurücksank. Dann sagte er: Gott straft mich hart. Ich habe schwere Sünde auf dem Herzen. Wenn ich auch die Augen zudrücke, stehn die Teufel doch vor mir, siehst du, da und da, und lechzen sie nicht nach meiner Seele? Ich leide Todesangst, Höllenangst. – Geh', Justine, gehe! Du weißt nicht, wie manche Familie ich ins Unglück gebracht habe, die nun arm werden muß. Du wirst es erfahren. Man wird mich verklagen; und das Weibstück wird auch nicht schweigen!« – –

»So sprach er noch viel. Ich bat ihn, zu Bett zu gehn. Er ward dann plötzlich und ohne Ursache zornig. Er stieß mich zur Thür hinaus und schloß die Thür hinter mir zu. Als ich weinend hinunter kam, trat der Hausknecht todtenblaß zu mir und erzählte mit zitternder Stimme, unsere Köchin habe sich von der Brücke ins Wasser gestürzt. Es sei zu dunkel; man werde sie schwerlich aus den Fluthen retten. Schrecken, Mitleiden, Furcht vor Schande des Hauses und Reue über meine Härte gegen das arme Mädchen, machten mich lange ganz sprachlos. Ich lief händeringend umher. Ich schickte endlich einen Knecht, die Unglückliche suchen und retten zu helfen. Ich fiel auf die Knie. Ich wollte beten und konnte in schwerer Seelenangst keine Vorstellung fest halten. Ich warf mich auf den Sopha, an allen Gliedern wie gebrochen. Es mochte gegen Mitternacht sein, als der treue Knecht mit der Botschaft zurückkam, in der Finsterniß sei man vom Aufsuchen des Leichnams abgestanden. Unser Hausgesinde war um mich versammelt. Die guten Leute, ohne Rath und Trost wie ich, baten mich mitleidig und weinend, ich solle mich zur Ruhe begeben. Sie versprachen wach zu bleiben die ganze Nacht. So ging ich endlich in meine Schlafkammer, nicht um Schlummer zu suchen, sondern um allein zu sein.«

»Nein, ich will, ich kann meinen Zustand in dieser grauenvollen Nacht nicht beschreiben. Ich betete; ich weinte Thränen des bängsten Schmerzes. Ueber meinem Schlafzimmer war die Stube des Vaters. Zuweilen glaubt' ich noch seine Schritte zu hören. Bei jedem Geräusch fuhr ich erschrocken auf, bebend und athemlos. Wie ich nur die Nacht überleben konnte! Es ist mir auch heut' noch unbegreiflich.«

»Schon fing ein wenig Morgengrau an durch die Fenster zu dämmern. Da hört' ich über mir, in des Vaters Zimmer, einen schweren Fall. Ich fuhr mit lautem Schrei vom Stuhl auf; aber der frische Schreck hatte mich gelähmt. Ich sank wieder zurück. Die fürchterlichsten Vorstellungen gingen gespenstisch durch meine Seele. Das Gesinde hatte in der Stille der Nacht den Fall und mein Geschrei gehört. Man kam zu mir, besorgt, daß mir Uebels begegnet sei. Lange waren wir unschlüssig, ob wir zum Vater hinauf gehen sollten? Endlich geschah es. Aber die Thür seines Zimmers war noch von innen verriegelt. Er antwortete auf unser Pochen und Rufen nicht. Der Knecht sprengte, auf mein Verlangen, das Schloß mit einer Axt auf. Wir traten hinein; ich flog beklommen zu seinem Bett. Es war von ihm noch unberührt geblieben. Da hört' ich einen durchdringenden Schrei von Allen. Ich wandte mich. O entsetzlicher Anblick! – An der Wand hing ein Mensch mit schwarzblauem, verzerrtem Antlitz; zu seinen Füßen lag ein umgestürztes Tischlein. – Es war mein unglückseliger Vater!«

»Ich entfloh mit Grausen; lief mit erstarrtem Herzen die Treppe hinab; wußte in voller Geistesverwirrung nicht, was ich that; nahm besinnungslos ein Bündel von einigen meiner Kleider zusammen, und rannte damit, wie eine Wahnsinnige, zum Hause hinaus, über die Felder. Ich rannte, wie im Traum, über Weg und Steg, ohne Vorsatz, ohne Plan. Ich weiß nur, ich sprach mit einem alten Miethskutscher auf der Landstraße, der mich in seinen Wagen hob. Meine Gedanken waren verschwunden. Vielleicht lag ich in Ohnmacht. Ich erwachte spät am Tage aus einem schweren Schlaf, als mich der alte Kutscher in einem Dorfe zum Mittagessen weckte.«

»Für Alles in der Welt wär' ich nun nicht wieder in das väterliche Haus zurückgekehrt. Was sollt' ich in dem Hause, wo unser Hab und Gut den Gläubigern verfallen war? In dem Dorfe, wo ich nur die Schande der Familie zur Schau tragen mußte; Vielen ein Gegenstand des Hohns oder des Mitleids; aber Allen ein Ekel durch das Schicksal der Köchin, durch den schauerlichen Tod meines Vaters. Ach, es mag wohl ein trauriges Loos sein, als verlassene Waise in der Welt zu stehen: aber die hinterlassene Tochter – eines *Selbstmörders* zu sein – – – für dieses Elend gibt's keinen Namen.«

»Glück und Hoffnung meines Lebens waren und sind auf immer zertrümmert. Ich hatte auch einen Freund gehabt; einen Gespielen aus den Kinderjahren, jenen jungen Menschen, der damals in England lebte, unsers Nachbars Sohn. Er durfte nun nicht mehr an die Tochter eines Falliten, eines Selbstmörders denken; seiner Ehre willen durfte er nicht. Ich hatte ihn verloren, den einzigen Freund. Mit gebrochenem Herzen schrieb ich ihm mein Lebewohl. Ich aber stand in der Welt einsam; wußte nicht, wohin mich wenden? Mit dem Kutscher war ich nach Deutschland gekommen. In einem Gasthof trat ich als Aufwärterin in Dienst, den ich nach einem halbem Jahre wieder verlassen mußte, weil man mich unanständig behandelte. Durch Empfehlungen einer gutherzigen Nebenmagd kam ich zu einer armen Wäscherin in jenes Städtchen, wo Sie mich als Näherin fanden und sich meiner großmüthig annahmen.«

»Nun wissen Sie die Geschichte meines Unglücks. Ich habe Ihnen nichts verschwiegen. Wenn Sie mich auch verachten, mich wieder von sich entlassen sollten, ich werde Sie Alle darum nicht weniger lieben. O mein einst so guter, unglückseliger Vater! Er hatte gewiß nicht geglaubt, daß seine Neigung zum Trunk, daß diese Schwachheit einen so schauerlichen Ausgang für ihn und für mich nehmen würde! – Ich weiß es wohl, ich bin zum Unglück geboren; aber ich bin unschuldig an meinem harten Schicksal. Gott gab es mir zu tragen. Er wird mich arme Waise nicht verlassen, wenn mich in dieser Welt Alles verläßt.«

Hier unterbrach ein Strom von Thränen ihre Rede.

9. Der Besuch.

Wir hatten tiefbewegt Justinens Erzählung angehört. Wir umringten Alle das gute Kind; schlossen es in unsere Arme, und suchten es durch unsern Trost und die Betheurungen unserer Liebe zu beruhigen. Justine hatte wohl Recht: wenn ihr Vater die Folgen hätte voraussehen können, welche durch Gewohnheit und zuletzt durch Bedürfniß starker Getränke entstehen konnten, er hätte gewiß sich auf der Stelle davon losgesagt. – Und wie Viele leben noch, die mit dem Glase Branntwein in der Hand, das sie für so unschuldig und unschädlich halten, bei dem sie sogar etwas alt werden können, unbesorgt dem still heranschleichenden Verderben ihres Leibes, ihrer Seele, ihres Hauswesens entgegenlachen!

Ich berieth mich mit meiner Frau. Wir waren entschlossen, für Justinens Schicksal in jedem Fall zu sorgen, wie es auch komme. Daß sie mit ihrem Herzen im Stillen noch immer an dem ehemaligen Jugendgespielen hing, wenn auch mit aufgegebener Hoffnung, hatten wir deutlich bemerken können. Aber Frage war nur, wie es mit Fridolin Walter stehe? ob er noch an die arme, entlaufene Justine denke, oder sich schon verheirathet habe? ob er noch in seiner Heimath wohne, oder vielleicht nach England zurückgegangen sei? Ja, wir wußten überhaupt nicht einmal, ob er noch am Leben sei? – Ich bereute, meine Verbindung mit ihm vernachlässigt zu haben; entschloß mich kurz, die Reise zu ihm zu unternehmen, und mir über seine Verhältnisse Gewißheit zu verschaffen. Justine durfte indessen von Allem einsweilen nichts erfahren. Ich setzte mich in den Reisewagen und fuhr ab.

Am zweiten Tag befand ich mich schon im Angesicht von Fridolins und Justinens Heimath. Es war im Sommer; ein schöner Nachmittag. Die Leute arbeiteten im Felde. Ich stieg aus dem Wagen und ließ ihn in den Marktflecken voranfahren, um meine ungeduldige Neugier etwas früher durch Nachfrage zu stillen, ob ich meine Reise vergebens gethan habe? – Ich redete den ersten, besten an, einen zerlumpten Bauer, der, auf seine Mistgabel gelehnt, müßig meinem Wagen nachgaffte. Auf die Frage, ob der Doktor Walter noch im Flecken dort wohne? sah mich der Kerl mit seinem bleichen, gedunsenen Gesicht eine Weile ganz einfältig an; wiederholte die Frage langsam, und setzte dann hinzu: »Verzeiht, Herr, aber bis diesen Morgen hat der Teufel den Leuteschinder noch nicht geholt.« – Ich war durch diese Antwort etwas betroffen und setzte meine Fragen fort; erhielt aber nur immer verworrene und wenig erfreuliche Nachrichten über den Doktor. – Das that mir von Herzen leid. Wie hatte sich Fridolin in so wenigen Jahren verändern können! Und doch hatte ich ähnliche Aenderungen der Menschen schon oft erlebt. Arme Justine! dacht' ich. Ich ging weiter und holte auf dem Weg eine alte Frau ein, welche, mit einem Korb auf dem Kopf, ebenfalls in den Flecken ging. Bei Wiederholung meiner Frage nach Fridolin, sagte sie: »Ihr meinet unsern Gemeindsammann? Ja, freilich; Ihr findet ihn zu Hause.«

– Also ist er jetzt Gemeindsammann? Und ist man mit ihm zufrieden? fragte ich weiter.

»Das sollt' ich meinen!« versetzte die Alte: »Er ist ein rechtschaffener, verständiger Mann., der unserm Ort schon viele tausend Gulden genützt hat.«

Das ermuthigte mich wieder. Ich erfuhr nun von meiner geschwätzigen Begleiterin, daß er bei seiner Mutter wohne; daß er unverheiratet sei; daß er großes Vermögen besitze; daß er viele arme Haushaltungen unterstütze, ein wahrer Vater der Wittwen und Waisen wäre; daher allgemeine Achtung genieße in der ganzen Gegend, und sogar in den großen Rath des Kantons gewählt worden sei, was er aber ausgeschlagen habe, um sich nicht von seinen Kranken entfernen zu müssen Endlich, wie wir im Gespräch dem Flecken näher kamen, zeigte sie mir eines der schönen Häuser rechts der Landstraße, in der Mitte eines Gartens, als Fridolins Haus. Ich trat ohne Umstände hinein.

Eine betagte, aber durch Kleidung und würdevolles Benehmen ausgezeichnete, Frau begegnete mir im Hausgang. Ich hielt sie für die Mutter des Doktors und irrte mich nicht. Auf mein Verlangen führte sie mich in das Zimmer ihres Sohnes Er saß am Schreibtisch, kam mir entgegen und erkannte mich bald. Der Empfang war herzlich. Ich gab eine Geschäftsreise vor, die ich zur Erneuerung unserer alten Bekanntschaft benutze; und er, wie seine Mutter, bestanden nun darauf, daß ich einige Tage bei ihnen bleiben müsse. Mein Gepäck ward aus dem Wirthshause abgeholt.

Fridolin war noch derselbe kraftvolle, blühende Mann, aber der schwermüthige Zug seiner Mienen war nicht ganz aus seinem Antlitz vertilgt. »Ich zerstreue mich, wie ich kann,« sagte er. »und habe Gelegenheit dazu genug; Arbeit vollauf.«

»Und Justine?« fragt' ich.

Er zuckte die Achseln, sagte aber ganz ruhig mit fast gleichgültigem Tone, als wäre von einer fremden Person die Rede: »Gott weiß, wohin sie gekommen sein mag? Sie nahm sich den Tod des schändlichen Vaters nur zu sehr zu Herzen. Nachdem er Wittwen und Waisen und seine besten Freunde um das Ihrige betrogen und eine arme Magd verführt hatte, die sich aus Verzweiflung ins Wasser stürzte, hing er sich zuletzt selber auf, um dem Henker die Mühe zu sparen. Mit Allem, was er hinterließ, konnte nicht die Hälfte seiner Schulden getilgt werden. Haus und Hof wurden verkauft; aber selbst das Haus des Fluches ward vor fünf Vierteljahren durch eine Feuersbrunst vernichtet. Jetzt befindet es sich, neu erbaut, schon in dritter Hand. Alle meine Nachforschungen, alle Anzeigen in öffentlichen Blättern, um die beklagenswürdige Justine zu finden, sind fruchtlos geblieben. Ich habe, freilich aber zu spät, nur dunkle, sehr unzuverlässige Nachricht von einem jungen Frauenzimmer erhalten, das um jene Zeit zum Bodensee gereist sein soll. Dort verlor sich auch diese Spur für mich. Ich hätte dem Mädchen in seiner Verlassenheit wenigstens einigen Beistand geleistet. Als ich aus England hier ankam, waren schon ein paar Monate seit ihrer Entfernung verflossen; und der Tod meines Vaters, die Betrübniß meiner guten Mutter, die Notwendigkeit, in den verwirrten Vermögensverhältnissen unsers Hauses Ordnung herzustellen, hinderten mich, die ersten Nachforschungen persönlich zu unternehmen. Vielleicht wär' ich glücklicher gewesen.«

»Unverhofft kommt oft!« sagt' ich: »Vielleicht hilft ein glücklicher Zufall das arme, verlassene Kind entdecken, dessen Aufenthalt, trotz all' Eurer Mühe, bisher unbekannt blieb. Indessen, lieber Doktor, freut mich's wenigstens, daß ich Euch gesund und beruhigter finde, als bei unserm ersten Zusammentreffen. Ihr müsset nun doch selber gestehen, die Zeit ist die beste Frau Doktorin. Auch Eure Mutter scheint jetzt getröstet und sogar heiterer zu sein, als Ihr selber.«

»Gottlob!« rief Fridolin: »Doch bei meiner Ankunft fand ich sie
sterbenskrank im Bett. Ich hatte alle Ursache zu fürchten, auch sie
zu verlieren. Der plötzliche Tod meines Vaters –, man fand ihn,
vom Schlag gerührt, eines Morgens leblos – er war ein Mann erst in
den Fünfzigern –, und die Entdeckung, daß er durch eigene Schuld
so frühzeitig dahingerafft wurde, hatte meine Mutter an den Rand
des Grabes gebracht.«

Ich sah den Doktor etwas verwundert an und sagte: »Ein Schlagfluß, den er sich selbst zugezogen? Darf ich fragen, wie das zu ver-
stehen ist?«

Fridolin antwortete: »Er machte leider die heutige Modesünde
mit. Erinnert Ihr Euch noch an unser Gespräch im Reisewagen?«

»Ich hab's noch nicht vergessen,« entgegnete ich: »denn ich bin
seither ein sehr mäßiger Wein-, aber ein starker Wassertrinker geworden, und die Schnäppse sind ganz verabschiedet. Dafür bin ich
nun gesund, wie ein Fisch, Dank Euch, und werde es hoffentlich
bleiben.«

»Wollte Gott, mein guter Vater hätte gethan wie Ihr; er würde
noch heut' am Leben sein können!« sagte *Fridolin* mit traurigem
Ernst. Und nun erzählte er mir den Hergang der Dinge.

10. Noch eine Erzählung.

Fridolins Vater war, wie der Doktor sagte, immer ein achtungswerther braver Mann gewesen. Er hatte zwar in guter Gesellschaft ein gutes Glas Wein geliebt, aber nicht im Uebermaß. Höchstens ward er zuweilen, wie man's zu nennen pflegt, *weinwarm.* Trunken sah man ihn nie; aber zu dem Warmwerden kam's denn doch allmälig öfters; besonders wenn er an Gastmählern zwei- und dreierlei Sorten Weins genoß. Am meisten schadete ihm, daß er gewohnt war, fast jeden Abend der Woche, in Gesellschaft von andern Bürgern zu gehen, wo man bald in diesem, bald in jenem Hause, regelmäßig zusammenkam, bei Wein oder Bier zu politisiren, oder ein Spiel zu machen. Da kehrte er dann freilich öfter weinwarm zurück. Kirschwasser, oder ein anderes starkes Getränk der Art, nahm er selten.

Diese Lebensweise hätte der brave Mann vielleicht noch lange, wenn auch nicht ganz ohne Nachtheil seiner Gesundheit, fortsetzen können. Der mäßige Genuß des Weins bei Tische erquickt und stärkt, wenn er nicht, statt des Wassers, zum Löschen des Durstes gebraucht wird. Er löscht nicht, sondern entzündet den Durst. Nur hatte er allem Likör entsagen sollen! Aber es erging dem Vater Fridolins, wie vielen Andern. Man trinkt und weiß nicht, wenn man zuviel hat und vergißt sich. Sein tägliches Weinwarmwerden that ihm endlich, nach einer Reihe von Jahren, nicht ganz wohl. Er fühlte sich oftmals abgespannt, unaufgelegt zum Arbeiten. Seine Gesichtsfarbe war etwas verblichen und verwischt; in seinen Zügen eine gewisse Schlaffheit. Man bemerkte, daß er oft verdrießlich, oder wenigstens nicht mehr so guter Laune, wie sonst, war; auch leicht schläfrig wurde, während er selber klagte, daß des Nachts sein Schlummer leicht und unterbrochen sei. Er schrieb dies dem Altwerden zu. Frau Walter glaubte, es sei Folge seiner Arbeiten und der damit verknüpften Verdrießlichkeiten. Sie selber, um ihn zu erfrischen, setzte ihm liebevoll des Tages zuweilen ein Gläschen extra vor. Das ward sein Gift. Er gewöhnte sich daran. So lange durch den im Wein enthaltenen Spiritus die Aufregung des Blutes und der Nerven dauert, war er wohlgemuth; aber dann sank er wieder in die vorige Unbehaglichkeit zurück.

»Meine Mutter war endlich um ihn besorgt,« sagte *Fridolin*: »Sie fürchtete, es liege für ihn irgend eine Krankheit im Werden. Sie ließ einen Arzt berufen. Mein Vater lachte. Er war eigentlich nicht krank, was die Leute so heißen; und doch hatte ihn, ohne daß er's vermuthete, der Tod schon beschlichen. Er klagte nur über unregelmäßige Leibesöffnung; bald Durchfall, bald Verstopfung. Sein Eingeweide war also schon angegriffen und geschwächt. Der Arzt verordnete das Beste, nämlich eine Wasserkur. Die Mutter wachte ängstlich über die Beobachtung derselben. Der Vater entsagte, ihr zu Gefallen, sogar den Abendgesellschaften beim Weine. Dennoch besserte es nicht. Er ward vielmehr düsterer, schläfriger; klagte Morgens gewöhnlich über dumpfes Drücken im Kopf, über Schwere in den Gliedern. Doch arbeitete er dabei und gab sich, seiner Gesundheit willen, viel Leibesbewegung. – Da ward er jählings vom Schlagfluß getödtet. – Nach seinem Tode fand man im Wandschrank seines Schlafzimmers leere Flaschen, worin berauschende Getränke enthalten gewesen waren. Er hatte *heimlich getrunken*; vermutlich, um sich Nachts durch Betäubung Schlaf zu schaffen.«

»Sein Tod, den ich noch jetzt beweinen muß, – er war ja ein vortrefflicher Vater und Mann, – sein Tod, allmälig durch das allgemein beliebte Gift bewirkt, ist aber nun der hiesigen Gemeinde und einigen benachbarten Dörfern zum größten Segen geworden.«

– Was? rief ich verwundert: zum *Segen*, sagt Ihr? Wie war das möglich? Ihr macht mich neugierig.

Fridolin antwortete: »Der vorangegangene Selbstmord des alten Thaly, der nachfolgende Tod meines guten Vaters, die beide das Opfer der Trunkliebe geworden waren, trug nicht wenig zur Besserung des Volks in diesem Marktflecken bei. Und das Beispiel der hiesigen Gemeinde hatte bald wohlthätigen Einfluß auf ein paar andere Dorfschulen in unserer Nähe, wo man uns nachahmte. Wir stifteten nämlich einen sogenannten Enthaltsamkeitsverein, von welchem – –«

– Halt! unterbrach ich ihn in seiner Rede: Besteht er noch? Das ist mir zu merkwürdig! Besteht er noch, oder – – –

»Allerdings besteht er noch,« entgegnete der Doktor: »und zwar seit beinahe zwei Jahren. Die Einwohnerschaft unsers Ortes zählt ungefähr 900 Seelen, und davon gehören jetzt schon wenigstens 860 zum Verein.«

– Wie denn? – fragt' ich lachend: gehören denn all' Eure Mädchen und Frauen und sogar Eure kleinen Kinder zum Enthaltsamkeitsverein, daß Ihr den Mund so voller Zahlen nehmt, und fast Eure ganze Bevölkerung dazu rechnet?

Der Doktor sah mich mit großen Augen an, und sagte: »Freilich! wie wär' es denn möglich, einen dergleichen Verein zu stiften, wie könnte er heilsam wirken, ohne die Kinder, ohne die Weiber? Der Einfluß des weiblichen Geschlechts auf mäßige, nüchterne Lebensart der Männer und besonders auf junge Leute und Kinder ist vielwirkend. Sie leiden bei der Trinksucht der Männer das Meiste. Sie können, wenn auch nicht mehr die erwachsenen Leute, doch das nachkommende Geschlecht vor dem Verderben bewahren.«

Ich gestehe, das kam mir wunderlich genug vor, und ich sagte: Wie in aller Welt habt Ihr denn das eingerichtet? Erzählt mir's. Ich muß Euch sagen, bei uns hat man auch dergleichen Mäßigkeitsvereine stiften wollen; denn das Brannteweintrinken, welches, wie bei Euch, und in der ganzen Schweiz, in Deutschland, Frankreich, England, Rußland und aller Orten, so große Verwüstung anrichtete, hat auch in meinem Städtchen nicht minder zugenommen. Einige brave Männer, besonders unser Herr Pfarrer, gaben sich viele Mühe, einen Mäßigkeitsverein zu Stande zu bringen. Allein sie stießen auf eine große Menge von Hindernissen, daß sie den Plan aufgeben mußten.

Fridolin wollte antworten, als seine Mutter hereintrat, und uns zum Nachtessen einlud, das an dem schönen Abend in der Gartenlaube eingenommen werden sollte. Wir mußten gehorchen. Der Doktor sagte unterwegs: »Morgen finden wir wohl ein Stündchen, da wir allein beisammen sind. Da werd' ich Euch zufrieden stellen, und ich thu' es gern. Vermuthlich habt Ihr's mit Stiftung eines solchen Rettungsbundes nur falsch angegriffen, wie auch wohl anderswo geschehen ist.«

In der That war nun den ganzen Abend nicht daran zu denken, jenes Gespräch fortzusetzen. Frau *Walter* lenkte die Unterhaltung auf hundert verschiedene Dinge und klagte endlich unter andern auch scherzend ihren Sohn bei mir an, daß er sie, bei ihrem beginnenden Alter, noch ohne freundlichen Beistand einer jungen braven

Schwiegertochter gelassen habe; wie es schiene, wollte er lieber ein Hagestolz werden. Das gab uns nun ein stoffreiches Kapitel. Ich dachte daran, meine gute Botschaft von der wiedergefundenen Justine anzubringen. Es kostete mir gar keine Mühe, die Rede auf das liebenswürdige Mädchen zu bringen. Aber der eiskalte Ton, mit welchem Fridolin jetzt von seiner ehemaligen Geliebten sprach, und plötzlich nach andern Dingen fragte, schreckte mich; sodann das schnelle Verstummen der Frau Walter, sowie der Ausdruck ihrer Miene, der mir zu sagen schien, ich hätte keinen sehr angenehmen Gegenstand berührt, hinderte mich fortzufahren. Ich schwieg und war etwas bestürzt. Ich sah, hier waren Verwandlungen vorgefallen, und der Zweck meiner Reise nichts weniger, als willkommen. Also brach ich ab, und behielt mir vor, die Sache mit Fridolin am folgenden Tage ins Reine zu bringen. Die arme Justine!

11. Der versuchte Rettungs-Bund.

Walter erschien am andern Morgen später als ich wünschte, auf meinem Zimmer, nachdem ich schon gefrühstückt, einen Gang durch den Marktflecken gethan, und mich nachher lange mit der Frau Walter unterhalten hatte.

»Nichts für ungut, lieber Freund!« rief er, als er zu mir mit einer Hand voll Schriften hereintrat: »Jetzt können wir einander ungestört angehören. Ich habe meine Kranken besucht, meine übrigen Amtsgeschäfte beseitigt; und nun setzt Euch! Ich will mein gestriges Versprechen erfüllen. Die Geschichte ist nicht lang und doch vielleicht der Mühe werth, angehört zu werden.«

Ohne weitere Umstände setzten wir uns beide. Was er erzählte, will ich nun, der Hauptsache nach, hier mittheilen. Es ist für viele unserer Städte und Dörfer zu wichtig.

»Das schreckliche Ende, welches der alte Thaly genommen hatte,« sagte Fridolin: »so wie das plötzliche Hinscheiden meines Vaters, waren, wie ich Euch schon erzählt habe, nicht ohne bedeutenden Eindruck auf die Bewohner unsers Marktfleckens geblieben. Man kannte sehr gut die wahre Ursache dieser beiden Unglücksfälle. Aber, wie es nun geht, jeder sprach davon, bis die Trauergeschichte alt, und fast vergessen ward. Hingegen ich wollte sie nicht in Vergessenheit sinken lassen, sondern mein Unglück wenigstens zum Glück Anderer benutzen, und damit auf des Vaters Grab den schönsten Denkstein setzen. Ich wollte versuchen, den *täglichen Gebrauch* gebrannter Wasser, der seit 20 bis 30 Jahren in unserer Gemeinde so allgemein geworden war, allmälig wieder aus ihr zu verbannen, und zwar durch das Mittel, welches mir in England bekannt geworden war. Ich wollte versuchen, für meinen Zweck die wohlwollendsten, gemeinnützigsten Männern bei uns zu vereinigen. Es war nothwendig, daß sie mit ihrem Beispiel vorangingen und durch Ueberredung und überzeugende Vorstellungen auch andere gewönnen. Ich besprach mich zuerst mit angesehenen, würdigen Personen über den ungeheuern Verbrauch starker Getränke in der Gemeinde. und den daraus entstandenen schweren Schaden einzelner Leute und ganzer Familien. Alle stimmten mir bei; wünschten von Herzen gern zu helfen; fanden aber die Sache sehr schwierig. Ich lud sie zur ernsthaften Berathung des Unternehmens, zu einer freundschaftlichen Zusammenkunft, bei mir ein. Es waren der erste Gemeindsvorsteher, der Ortspfarrer, ein junger Rechtsanwalt, ferner mein siebenzigjähriger Kollege, der Arzt, und ein braver Indiennefabrikant, der eine Viertelstunde von hier entfernt wohnt. – Sie kamen.

Nach langem Hin- und Herreden über die Mittel, das Trinken des Branntweins auszurotten, um in der dadurch schon viel benachtheiligten Gemeinde Arbeitsamkeit, Wohlstand, Gesundheit, Eintracht, Sittlichkeit wiederherzustellen und eine Menge unglücklicher Ereignisse zu verhüten, welche Folgen berauschter Zustände des Menschen sind: kamen wir keinen Schritt weiter. Jeder erhob unter den Anwesenden neue Bedenklichkeiten.

»So etwas muß, vom Staat aus, durch *gute Gesetze* bewirkt werden!« sagte der junge *Advokat*: »So lange die Zahl der Wirthshäuser, Weinschenken und Branntweinbrennereien nicht beschränkt, die Einfuhr gebrannter Wasser nicht verboten oder doch erschwert und überhaupt jedes starke Getränk durch Auflagen vertheuert wird: müssen wir's leider bei frommen Wünschen bewenden lassen. Man spricht viel von Luxusabgaben. Der Branntewein ist der verderblichste Luxus, der sich ersinnen läßt. Für ihn gibt der Aermste den letzten Kreuzer hin, und läßt zu Hause Weib und Kind hungern. Durch ihn ist Mancher, der sein Brod gut hätte verdienen können, ins Armenhaus gebracht. Durch ihn ist schon manches Hauswesen zerrüttet. Der Branntewein ist wohlfeil, aber durch das, was er zur Folge hat, der theuerste Luxusartikel. Warum besteuert man ihn nicht? Alle Schuld daran hat die Regierung zu tragen.«

»Da habt Ihr ganz Recht, Herr Fürsprecher!« erwiederte lächelnd der *Gemeindsvorsteher*, welcher Mitglied des gesetzgebenden Rathes war: »Luxus ist's; aber meinet Ihr, daß der Aufwand oder Luxus in denjenigen Ländern aufhört, wo er am stärksten besteuert wird? Nein, lieber Herr; er siegt zuletzt immer ob, und der menschliche Verstand findet beständig Mittel und Wege, die Gesetze zu umgehen, oder ein Gelüste auf andere Weise zu befriedigen. Wie hat man nicht zu alten Zeiten gegen das aufkommende Tabakrauchen von Kanzeln und Thronen geeifert, in Büchern geschrieben, vor Gerichten gestraft! Umsonst aber belegt man den Tabak mit schweren

Auflagen. Jetzt raucht Alt und Jung. Wie hat man nicht ehemals gegen das Kaffeetrinken geeifert, als einen schändlichen Aufwand, als einen der Gesundheit nachtheiligen Trank! Was half's, er ist jetzt zum allgemeinen Bedürfniß geworden. Die ärmste Haushaltung will ihn nicht entbehren. Als Kaiser Napoleon seiner Zeit die Einfuhr von Zucker und Kaffee in Europa verbot, um England zu schaden: meint Ihr, das Kaffeetrinken hörte auf? Mit nichten! Es ward nur ärger damit. Man braute sich das Getränk aus Cichorien, Erbsen und Erdmandeln; man machte Rübenzucker und die Sache blieb beim Alten. Was hilft's bei uns, wenn man bekannten Trunkenbolden richterlich den Besuch der Wirthshäuser verbietet? Die Kerls trinken dann nur zu Hause! Sitten und Bedürfnisse des Landes machen das Gesetz, das Gesetz macht nicht die Sitten und Bedürfnisse. Wie schön Ihr auch reden könnet, Ihr würdet in unserm großen Rathe, wo selbst viele Liebhaber des Schnappses, viele Wirthe, Weinhändler und Likörfabrikanten Sitz und Stimme haben, zu tauben Ohren sprechen. Eigennutz ist ein harthöriger Gesell. Sollen die Menschen besser werden, so muß es durch *die Macht der Religion* geschehen. Die Herren Geistlichen sollten es sich angelegen sein lassen, kräftiger einzuwirken. Sie allein können durch rührende Ermahnungen und Belehrungen das Volk frömmer und besser machen. Wenn *sie* nicht, wenn die Religion nicht, wer dann?«

Hier schüttelte der Herr *Pfarrer* traurig sein graues Haupt und sprach: »Ich predige seit 36 Jahren unverdrossen Gottes Wort; besuche rastlos die Leidenden, Kranken und Sterbenden. Wie wenig aber hat meine Arbeit im Weinberg des Herrn gefruchtet! Man kömmt wohl aus Gewohnheit, oder Anstandes willen, oder aus Neugier, oder Frömmigkeit, oft nur aus mißverstandener Frömmigkeit, in die Kirche. Aber geht man hinaus: so hört die Kirche auf, und das gewohnte Leben und Treiben geht wieder seinen Gang. Man vergißt die gehörten Ermahnungen und hat an Andres zu denken. Die Wirtshäuser sind wieder voll. Wenn alle guten Lehren christlicher Aeltern ihren Zweck bei den Kindern erreichten, würde es keine ungerathene Kinder mehr geben; und hätten die seit tausend Jahren gehaltenen Predigten all' das beabsichtigte Gute gestiftet, so müßte die Welt schon setzt voller Engel sein. Aber Krankheiten, Gebrechen und Fehler der Seele lassen sich so wenig durch bloße Worte heilen, als Krankheiten und Gebrechen des Leibes. Da müßen ganz andere Mittel zu Hülfe genommen wenden, um das Laster sowohl des mäßigen als des unmäßigen Brannteweingebrauches auszurotten, wodurch unserer Gemeinde schon so viel Unfug und Elend erwachsen ist. Da sollten alle frommen, verständigen Hausväter, insbesondere aber diejenigen, welche vielen Leuten Verdienst und Arbeit geben, wie z. B. die reichen Gewerbsherren und Fabrikanten, das Beste thun. Sie sollten keine Brannteweinliebhaber bei sich in Lohn und Brod nehmen.«

Hier rieb sich unser *Fabrikant* die Stirn und rief. »Sehr schön gesprochen, Herr Pfarrer! Aber wir Fabrikanten bezahlen mit unserem Geld bloß Arbeit, und keine Frömmigkeit und Tugend des Arbeiters; so wie der Herr Pfarrer, wenn er sich Schuhe machen läßt, nur Leder und Arbeit bezahlt, und auf die Geschicklichkeit des Schuhmachers sieht, nicht aber auf dessen häusliches Leben. Wir Fabrikanten sind keine Oberherren, und von unsern Arbeitern gerade eben so sehr abhängig, als sie es von uns sind. Außer der Fabrike haben wir nichts zu befehlen. Der Herr Pfarrer könnte eben so gut zur Regierung sagen, sie solle keine Beamten anstellen, die Likör trinken. Hat ein Verwalter, ein Richter, ein Statthalter, ein Professor, oder anderer Beamter zu tief ins Glas gesehen, richtet er gewiß mehr Schaden an, als ein unbedeutender, benebelter Fabrikarbeiter. Ich läugne gar nicht, daß der Genuß des Brannteweins, auch der mäßigste sogar, mit der Zeit, Gesundheit und Hauswesen Dieser Personen zerrüttet hat und noch immer zerrüttet. Man muß seine Schädlichkeit für die menschliche Gesundheit gar nicht mit dem unschuldigen Genuß des Kaffee- und Tabakrauchens vergleichen. Aber die ärmere Volksklasse, für die der Wein zu kostbar und theuer ist, und die doch dann und wann, so gut, wie der Reiche, einmal Kummer und Sorgen künstlich verjagen will, hält sich an den wohlfeilern und schneller wirkenden Weingeist. Die Leute bedenken oder wissen freilich nicht, daß dadurch auch die Gesundheit nur wohlfeiler und schneller zu Grunde gerichtet wird. Wir Fabrikanten aber haben keinen Auftrag und Beruf, für Gesundheitspflege unserer Arbeiter, oder auch anderer Leute in unserm Dienst, zu sorgen. Ich dächte, das wäre mehr Angelegenheit der Herren Mediziner.«

Bei diesen Worten lachte der siebenzigjährige *Doktor* laut auf und sprach: »Wir Schweizer haben nie mehr »*Aber*« und »*Wenn*« und tausend Bedenklichkeiten bei der Hand, als wenn's darauf ankömmt, zu handeln. Nun, ihr Herren, bedenket aber auch noch, daß der Arzt nur in das Haus geht, in welches er, als Arzt, berufen wird, und daß er nicht sobald wieder einkehrt, wenn einmal sein Patient geheilt worden oder gestorben ist. Er kann also keineswegs darüber wachen, ob man seine Vorschriften und Warnungen befolgt. Arme Haushaltungen aber lassen den Doktor gar nicht, oder oft nur dann erst rufen, wenn es gewöhnlich schon zu spät ist. Dergleichen Menschen gehen lieber zu einem Quacksalber, Harnbeschauer und Gütterlidoktor, oder zu einem alten Weibe oder Kapuziner, um sich ohne Nutzen, aber wohlfeil, betrügen zu lassen. Und komme ich zu bemittelten und reichen Leuten, wie würden die mich anschauen, wenn ich ihnen Bußpredigten über das Likörtrinken halten wollte? Würdet ihr aufgehört haben, ihr Herren, bei einem Gastmahl, starke Getränke vorzusetzen, wenn ich euch den Nachtheil jeder Art Branntewein für die Gesundheit geschildert hätte? Ich zweifle. Leute, die gern einen Schnapps nehmen, bleiben ihm treu; und halten ihn für zuträglich und gesund, so lange sie nämlich gesund sind. Werden sie aber zuletzt dabei kränklich, was selten fehlt: so schreiben sie es hundert andern Umständen, doch gewiß nicht dem Branntewein zu, den alle Welt trinkt und bei dem Mancher ziemlich alt wird. Sind ihnen endlich Blut und Nerven verbrannt und verschrumpft, ja dann lassen sie wohl den Doktor holen, er soll sie geschwind vor dem Tode schützen. Viele, aus Leichtsinn, oder Schamgefühl, oder schon wirklich entstandener Verstandesschwäche, sterben jedoch hin und denken nicht einmal an Rettungsversuche.«

»Ich habe wohl oft daran gedacht,« fuhr der *Greis* fort: »man sollte auch bei uns Mäßigkeits-Vereine einführen, wie in England, oder Amerika. Aber wenn ich an unsre Brannteweinbrenner, Wirthe, Pintenschenken, Wein- und Likörhandlungen denke, wie die mit aller Macht dagegen schreien würden: Ihr ruinirt uns! Wenn ich an unsere durstigen Brüder denke, die sich einbilden, man könnte in der Welt ohne Schnapps nicht leben, nicht des Lebens froh werden, nicht Kraft zum Arbeiten haben: so fällt mir aller Muth. Ich sehe, es geht nicht. Und doch thäte wahrhaftig Hülfe bei uns noth, so sehr wie in Amerika oder England. In unserm Marktflecken, mit seinen 800 bis 900 Seelen wird, mit wenigen Ausnahmen, fast in allen Häusern Branntewein getrunken, besserer oder schlechterer, mehr oder weniger. In ärmern Haushaltungen trinken ihn nicht nur allein die erwachsenen Männer; sondern auch Weiber und Mädchen haben sich daran gewöhnt, denen er noch schneller zum Gift wird. Zehnjährige Knaben dünken sich gewaltige Helden, wenn sie einen Schnapps hinunterstürzen können, ohne das Gesicht dabei zu verziehen; auch sieht man sie auf den Gassen mit ihren blassen Gesichtern Tabak rauchen. Ja, viehische Mütter flößen sogar ihren kleinen Kindern Wein, oder Branntewein, in den Mund, und belustigen sich an dem Rausch der armen Unschuldigen. Fehlt's an Geld, muß es doch für Branntewein nicht fehlen; man geht lieber in Lumpen. Kann man nicht mehr borgen, so bettelt man zuletzt. Unser Ort war ehemals sehr wohlhabend; seit das Brannteweintrinken gewöhnlich geworden ist, hat sich leider die Zahl der Armen auffallend vermehrt. Unser Herr Gemeindsrath hier weiß so gut, als ich, daß 30 bis 40 Haushaltungen bei uns nichts haben, nur von der Hand in den Mund leben, und mehr oder weniger von der Gemeinde unterstützt werden müssen. Wir haben bei 30 andere dürftige Haushaltungen, die zwar keine Unterstützung genießen, denen man jedoch keine Steuern abfordern darf, ohne sie an den Bettelstab zu bringen. Sie ernähren sich kümmerlich. Doch immer noch halten sie sich aufrecht. Aber ihre Anzahl nimmt leider jährlich zu. Denn von den sogenannten bemittelten Familien stehen schon viele auf zu schwachen Füßen; ihr Eigentum ist ganz oder größtentheils schon unterpfändlich verschrieben. Sie können kaum die Zinsen erschwingen, die sie schuldig sind. Andere von ihnen stehen sich freilich besser, aber behaupten sich mit Noth und Mühe. Wir zählen kaum 15 eigentlich wohlhabende Familien; und von reichen Häusern, was man bei uns reich nennt, kaum mehr, als ein halbes Dutzend. Wir ernähren im Spittel 18 Personen, von denen erwiesen ist, daß sie fast alle, wenigstens ihrer vierzehn, Brannteweintrinker waren. Wir kennen im Flecken acht eigentliche Trunkenbolde, die selten nüchtern sind und zuweilen im Straßenkoth gefunden werden. Seit zehn Jahren sind der Gemeinde 15 uneheliche Kinder zur Last gefallen. Zwei unserer Mitbürger sitzen bekanntlich im Zuchthause. An Sonnabenden, Sonntagen und Markttagen sind mit den Saufereien regelmäßig blutige, oft sogar lebensgefährliche Raufereien verbunden. Das, ihr Herren, ist die Wirkung des bei uns herrschenden Genusses der starken Getränke. Die vielen mißfarbenen, bleichen Gesichter unserer meisten Arbeiter, Taglöhner und armen Leute, sind nicht

Folge von schlechter Nahrung. Denn bei Wasser, Milch, Brod und Kartoffeln gibt es die frischesten, fröhlichsten, kräftigsten Leute in der Welt. Gesunde, von der Natur angewiesene Speise und Trank, macht nicht ungesund und schwach. Aber die Natur baut keinen Branntewein. Die Ungesundheit von tausend Menschen ist Folge vom Gebrauch der destillirten Getränke und der daraus entstehenden Selbstvernachlässigung. Die vielen früh sich werdenden, oft elenden Kinder, ohne Saft und Kraft, ohne Farbe und Wachsthum, diese Kinder in armen, wie in wohlhablichen Häusern, sind meistens schon im Keim zu Grunde gerichtete Geschöpfe, lebendige Ankläger und Zeugen von der Unmäßigkeit, oft Berauschung ihrer Aeltern.«

12. Man kömmt zum Ziel.

So sprach der vielerfahrene Greis. Nun nahm auch ich das Wort, weil die Andern nachdenklich geworden zu sein schienen und still schwiegen. »Die Rede unsers alten, würdigen Freundes hat uns ernst gemacht,« sagt' ich: »Leider ist's bei uns in der Bürgerschaft also, wie er gesagt hat. In andern Gemeinden geht's nicht viel besser, oft noch ärger. Warum helfen wir aber nicht zu rechter Zeit noch, ehe es viel schlimmer werden kann? Man hat von einem Mäßigkeitsverein gesprochen; ich glaube selbst, er sei das wahre Mittel, der Fluth des großen Unheils Schranken zu bauen. Man hat behauptet, die Stiftung solchen Vereins sei in hiesiger Gemeinde gar nicht ausführbar. Aber wo ist der Beweis davon? Wir haben ja noch nicht einmal den Versuch gemacht! Ich will glauben, es sei manche Schwierigkeit damit verbunden; allein haben wir denn schon unsere Kräfte gegen die allfälligen Schwierigkeiten auf die Probe gesetzt? Warum sollte denn bei uns und überall im Schweizerland ganz unmöglich sein, was doch schon in *Amerika, England, Irland, Schweden, Sachsen*, ja sogar schon in einigen Gegenden von *Rußland*, mit Glück und großem Segen ins Werk gesetzt worden ist? Sind wir denn weniger vaterländisch, weniger gemeinnützig, weniger tugendhaft, als Russen, Engländer oder Amerikaner? Haben wir unter uns weniger Freunde des Volks, weniger Freunde der Gesundheit, des Wohlstandes und der Sittsamkeit, als in andern Ländern?«

»In Amerika ward schon im Jahr 1813 zu *Boston* der erste Mäßigkeitsverein durch rechtschaffene Hausväter errichtet. Die Gesellschaft daselbst hatte nur den Zweck, dahin zu wirken, daß der *Mißbrauch* des Branntweins und anderer starken, berauschenden Getränke aufhöre. Also der *Mißbrauch!* – Wer Arsenik oder Scheidewasser in den Magen bringt, treibt der nicht in jedem Fall damit Mißbrauch? Vergiftet er sich nicht dabei in jedem Fall, mäßig oder unmäßig, allmälig oder plötzlich? Ist nicht Branntewein aller Art schon an sich selbst, durch den darin enthaltenen Weingeist, Gift? Und weiß denn derjenige immer, welcher nur wenig, nur mäßig trinken will, wann er genug, vielleicht schon zuviel hat? Die berauschende Wirkung des Weingeistes stellt sich in jedem Menschen einmal früher, einmal später ein; ist sie aber eingetreten, ist die Aufregung der Nerven und des Blutes einmal da: dann ist auch der

Leichtsinn, der Uebermuth, die Vergessung aller frühern guten Vorsätze, und die Verachtung aller gefährlichen spätern Folgen da.«

»Genug, ihr Herren, die Gesellschaft zu Boston hatte einen argen, groben Fehler begangen. Statt den Gebrauch starker geistiger Getränke abzuthun, dachte sie nur an Abstellung des Mißbrauchs. Aber, mit dem *Gebrauch* des Brannteweins, blieb, nach wie vor, auch der *Mißbrauch*. Der Gebrauch selbst war schon Mißbrauch. Auch bewies es die Erfahrung. Der Verein verbesserte nichts, wirkte nichts, und gab sich 12 bis 13 Jahre vergebliche Mühe.«

»Endlich sah man den begangenen Irrthum ein. Man vereinigte sich gegen den Genuß alles Brannteweins, seltene Fälle ausgenommen, und suchte, so weit man wirken konnte, die Menschen zu bewegen, sich desselben vollkommen zu enthalten. Das half! Der Vortheil und Segen von der Abschaffung des Brannteweins war in Amerika so offenbar, daß dem Beispiel überall nachgeahmt wurde und von Jahr zu Jahr und in den verschiedensten Gegenden neue Enthaltsamkeits-Vereine entstanden. Im Jahr 1835 hatten sich in Amerika schon über 8000 dieser menschenfreundlichen Vereine gebildet. Es gehören jetzt zu denselben über zwei Millionen Menschen. Mehr denn 12,000 Personen. die ehemals dem Trunk ergeben waren, genießen dort durchaus keinen Branntewein mehr. Auf weit über 1200 amerikanischen Seeschiffen wird nun keiner mehr für die Matrosen mitgenommen. Den Milizen ist der mindeste Genuß des Branntweins, so lange sie im Dienst stehen, von der Regierung unter strenger Bestrafung verboten. So schreitet die heilsame Ordnung noch alljährlich weiter fort. Freilich kömmt dabei die bisherige Giftmischerbande in Amerika übel weg. Man zählt wirklich nun schon 4000 bis 5000 Branntewein-Brennereien und Likörfabriken, die ganz eingegangen sind; und gegen 9000 Kaufleute und Wirthe, die keine gebrannte Wasser mehr in ihrem Verkehr haben, weil sie keinen Absatz finden, oder nicht öffentlich Giftmischer heißen wollen. – Seht, das ist die Macht der Wahrheit und der Vaterlandsliebe! Sind wir hier zu Lande ein verächtlicheres Volk, als die Amerikaner?«

»In *England* zählte man im Oktober 1835 schon 130,432 Mäßigkeitsvereine der Dörfer und Flecken des Landes. In großen Städten sind oft 10 bis 20 Vereine zugleich. Es haben dort 928 Aerzte und

Wundärzte, darunter die berühmtesten Aerzte von London, in öffentlicher von ihnen unterzeichneter Druckschrift dem englischen Volke die heillosen Wirkungen des Branntweins auf die menschliche Gesundheit erklärt. Warum sollte bei uns in der Schweiz nichts Aehnliches geschehen? In *Dänemark, Sachsen, Schweden, Finnland, Rußland* ist man zum Entschluß gekommen, so viel als möglich, den Genuß der hitzigen Getränke abzuthun. Man hat Enthaltsamkeits-Vereine gegründet. *Die Reform der Volkssitten muß vom Volk selbst ausgehen.* Keine Regierung ist für sich allein dafür mächtig genug! – Was geschieht aber in der Schweiz? – O freilich, wir haben politische, vaterländische, gemeinnützige Gesellschaften. Aber was haben sie denn schon Großes geleistet? Die Streitsucht vermehrt. Man schreibt ein halbes Hundert Zeitungen; verbessert das Schulwesen; man theilt Volksbücher aus; man errichtet Volks-Bildungsvereine. Alles umsonst! Eure Schulen, eure Volks-Bildungsvereine sind ohne Wohlthätigkeit, so lange ihr es nicht dahin bringt, daß das betäubende Brannteweingift aus tausend Familien entfernt wird. Denn dieses hat bisher in ihnen Zwietracht und Unglück aller Art, Leichtfertigkeit, Irreligion, Müßiggang, Armuth, Wollust, Kränklichkeit, elende Nachkommenschaft und zahllose Menge von Vergehen und Verbrechen erzeugt, oder befördert. Wer Verstand und Herz des Volks bilden will, muß nicht beide vorher durch Völlerei und Ausschweifung abstumpfen und lähmen lassen.«

13. Der Bund für Volksrettung wird geschlossen.

Hier schwieg ich. Meine Worte schienen nicht ohne Eindruck geblieben zu sein.

»Brav gesprochen, Herr Kollega!« sagte der alte *Doktor*; »Wenn nur eben so geschwind auch brav *gehandelt* wäre! – Aber da liegt der Hase im Pfeffer! Ihr seid jung; aber mich macht das Alter ein wenig bedächtig. Ich glaube, wir Schweizer sind mit Haut und Haar wohl nicht besser und nicht schlechter, als Engländer, Russen und Amerikaner. Aber unser Volk läßt sich nicht so leicht, wie das Schilfrohr im Winde, bewegen. Was es einmal angenommen und zur Gewohnheit gemacht hat, hält es hartnäckig fest und gibt es nicht sobald wieder auf, weder durch Güte noch Gewalt, sei es nun Gutes, oder Schlechtes. Ich frage Euch zum Beispiel, wie wollet Ihr es nun bei uns hier, in unserm Marktflecken, mit unserm Dutzend Wirthshäuser und Schenken, mit den vielen Schnappsfreunden und ausgezeichneten Säufern, anstellen, daß sie sich bekehren und geradezu vom Branntewein ganz ablassen?«

Diese Frage kam mir nicht unerwartet. Ich antwortete also: »Sehr einfach würd' ich's anstellen; ganz und gar, wie es überall geschieht. Meinet Ihr, ich würde mit den Zechbrüdern anfangen? Ich würde sie zur Gründung eines Enthaltsamkeits-Vereins bewegen wollen? Keineswegs! Da hätt' ich Hopfen und Malz im voraus verloren. Ich fange damit an, mich mit rechtlichen, gesitteten Männern zusammen zu thun, denen es gar keine Ueberwindung kostet, Branntewein und Likör bei sich abzuschaffen; z. B. grade mit euch, ihr Herren. Ich unterzeichne mit euch nur ein gegenseitiges Versprechen und Gelübde, daß wir für unsere Person, in unsern Häusern und Familien keine gebrannte Wasser mehr trinken wollen und andere unserer Freunde bereden wollen, dies Gelübde gleichfalls zu unterschreiben. Nicht Trunkenbolde, sondern an Nüchternheit und Mäßigkeit gewöhnte, achtbare Personen müssen den Grund zum Verein legen. Sollte das so große Mühe kosten?«

Unser *Fabrikant* erwiederte mit ungläubigem Lächeln: »Nein, gar nicht; aber es nützt auch nichts. Ich liebe ohnehin weder Kirschwasser, noch Likör anderer Gattung. Wozu sollt' ich also erst Mitglied eines Mäßigkeits-Vereins werden? Für mich ist keiner nöthig. Wozu soll ich dem Gebrauch eines Getränks feierlich entsagen, das ich gar nicht trinke? Es wäre lächerlich.«

Jetzt nahm mir der ehrwürdige *Pfarrer* das Wort, was ich erwiedern wollte, aus dem Munde. Er sagte nämlich zu dem Fabrikanten: »Mein lieber Herr Meyer, ich weiß wohl, in wenigen Häusern lebt man so enthaltsam, als bei Euch. Ihr seid auch ein redlicher Freund alles Guten im Vaterland; Niemand zweifelt daran. Aber was würdet Ihr demjenigen antworten, der zu Euch spräche: Ich bin mit Leib und Seele ohnehin schon ein Freund des Vaterlandes, und würde für dasselbe Gut und Blut aufopfern: also brauch' ich mich, wenn's noth thut, nicht an die Freunde des Vaterlandes anzuschließen! – Oder was würdet Ihr demjenigen antworten, der bei einer Feuersbrunst zu Euch spräche: Meine Mitbürger sind mir von Herzen lieb, und mein Haus ist ohnehin noch nicht in Gefahr, von den Flammen ergriffen zu werden: also brauch' ich bei Andern nicht zu löschen! – Ich sehe voraus, was Ihr solchem guten Bürger und wunderlichen Menschenfreund antworten würdet. – – Ein Enthaltsamkeits-Verein ist die Verbindung wohlgesinnter Familien und Haushaltungen, *nicht für sie selber*, sondern *Anderer willen* nöthig. Die Mitglieder sind schon dadurch und ohne große Mühe, Urheber vieles Guten, daß sie sich scheu und warnend von denjenigen absondern, welche mehr oder weniger dem Trunk ergeben sind. *Ihre* Entsagung der hitzigen Getränke wird Andern zum ermunternden Vorbilde; erregt wenigstens bei Liebhabern hitziger Getränke Aufmerksamkeit, Nachfrage und zuletzt Nachdenken. Und wenn man im Volke einmal dahin kömmt, zu überlegen und zu fragen: Ist denn das Trinken vom Branntewein, auch wenn er mäßig genossen wird, *ungesund, gefährlich und sündlich?* fürwahr, da ist schon der erste Schritt zur Selbstheilung manches Elendes gethan.«

Herr Fabrikant *Meyer* nickte zufrieden dem ehrwürdigen Pfarrer zu und sagte: »Kein Wort mehr darüber! Ihr habt Recht, Herr Pfarrer, ich bin ganz damit einverstanden. Es ist Pflicht guter Bürger, sich solchem Verein anzuschließen. Er muß ganz natürlich keineswegs aus Trinkern, sondern offenbar aus Nichttrinkern zusammengesetzt sein. Er muß Beispiel geben!«

»Und,« setzte ich hinzu: »mehr als das! Ist eine Verbindung dieser Art nicht schon dadurch wohlthätig, daß sie diejenigen, welche sich nur dann und wann ein Glas Schnapps erlauben, in der Meinung, das könne ihnen nicht schaden, zur Rettung ihrer Gesundheit davon ganz abbringt; sie überzeugt, daß auch der mäßige Genuß sie endlich, wider Vermuthen und trotz aller guten Grundsätze, zum Abgrund des unmäßigen treiben könne? Denn jeder sagt, so lange er nicht den Nachtheil geradezu an sich verspürt: *das schadet mir nicht!« –*

Der feurige *Rechtsanwalt* unterbrach mich hier mit dem Ausruf: »Machen wir's kurz! Ich bin von der Parthie. Schlagen wir Hand in Hand. Wir sind ein halbes Dutzend beisammen. Wir fangen den Enthaltsamkeits-Verein an.«

Ich reichte ihm die Hand und sagte: »Wohlan, ich nehme Euch beim Wort. Sind Wenige einmal einig und fest unter einander: so halt ich dafür, das Schwerste sei gethan. Der erste Schritt ist ja immer der schwerste, sagt man.«

Alle gaben wir einander die Hände. Der Bund ward geschlossen. Wir gelobten, dem Genuß von allen Arten Brannteweins für immer zu entsagen; ihn aus unsern Familien zu verbannen; keinem Fremden, der an unserm Tisch sitzt, Likör vorzusetzen; keine Mägde und Knechte anzunehmen, die Branntewein trinken; und ihn zu keiner Zeit den Feldarbeitern, Wäscherinnen, Taglöhnern u. s. w., deren wir bedürfen, zu geben.

»So soll's sein!« rief der *Gemeindsvorsteher:* »Ich habe immer gefunden, daß Taglöhner und Feldarbeiter, die nicht an ihren vermaledeiten Fusel gewöhnt sind, aufmerksamer und anhaltender ihre Sache verrichten, als die Bränntsliebhaber. Ich hätte bei mir, in meinem Hauswesen, längst schon angefangen, den Schnapps für die Leute abzuschaffen. Aber es ging nicht. Man hätte mich ausgelacht. Ich hätte keine Knechte, keine Taglöhner bekommen. Eine einzige Person, eine einzige Haushaltung kann, für sich allein, den Mißbrauch des Brannteweingebens an Arbeiter nicht wohl abstellen. Wer will sich auch gern auszeichnen? Wenn aber *mehrere Familien zu gleicher Zeit* damit anfangen und sagen können: Wir haben ein Gelübde gethan, keinen Branntewein mehr zu geben! ja, das ist etwas anders! Dann geht's leicht.«

Wir verabredeten also unter einander, mehrere rechtschaffene Hausväter im Marktflecken ebenfalls anzuwerben, und zwar unter den Bedingungen, die wir selber eingegangen hatten. Wir mußten durch Belehrung und Ueberzeugung nach allen Seiten hin wirken. Wir fingen damit an, kleine, zweckmäßige Schriften über die Gefahren der Unmäßigkeit zu verbreiten. Durch Zwang und Gewalt läßt sich in solchen Sachen nichts ausrichten. Unser Verein mußte als Ehrensache redlicher Haushaltungen, guter Bürger, wahrer Christen vor dem Volke dastehen. Wir mußten besonders anfangs auf die angesehenen Ortseinwohner Rücksicht nehmen. Wir entwarfen eine Liste derselben, aber immer von solchen Personen, deren Mäßigkeit uns bekannt war, oder von welchen wir hoffen konnten, daß sie unsern Zweck befördern würden, ohne mit ihrer Entsagung große Opfer der bisherigen Neigungen zu bringen. Wir verteilten das Anwerbungsgeschäft derselben unter uns. Denn, wie gesagt, nur durch Ueberzeugung wollten und konnten wir sie für die gute Sache gewinnen.

Es ward ferner unter uns ausgemacht, daß wir einstweilen uns Sonntags vom Fortgang unserer Bemühungen unterrichten wollten. Wenn endlich eine anständige Zahl von Freunden unsers Vorhabens gefunden worden wäre, sollte eine öffentliche Versammlung derselben gehalten werden, zu der auch jeder, der wollte, freien Zutritt haben könnte. Da sollte der Zweck des Mäßigkeits-Vereins öffentlich bekannt gemacht, die Statuten und Gesetze desselben vorgelesen, und von jedem, welcher ein Mitglied des Vereins zu werden Lust bezeuge, unterschrieben werden; und zwar von jedem Hausvater, nicht nur in seinem, sondern auch in seiner Frau und Kinder, oder ihm anvertrauten Mündel Namen.

14. Die Statuten des Enthaltsamkeits-Vereins.

Jetzt beriethen wir auch die Gesetze des künftigen Vereins. Sie sind einfach. Ich hatte sie, mit einigen uns angemessenen Veränderungen, ganz nach denen von Amerika und England entworfen. Sie lauten also:

»Wir Endesunterschriebene, die wir durch vielerlei Unglücksfälle belehrt und überzeugt worden sind, daß das Laster der Trunkenheit eines der verabscheuungswürdigsten vor Gott und Menschen sei, und daß besonders das Trinken jeder Gattung Brannteweins, welchen Namen sie haben möge, die Gesundheit zerrütte; Leib und Seele verderbe; Müßiggang und Wollust, Armuth, Zank und Streitsucht bewirke; ja oft zu schweren Verbrechen verleite: – Wir haben uns feierlich, mit unsere sämmtlichen Haushaltungen, zu einem *christlichen Enthaltsamkeits-Verein* verbunden, und geloben vor dem Angesichte Gottes und in Gegenwart unserer anwesenden Mitbürger, folgende Verpflichtungen treu und gewissenhaft zu halten:

»Artikel I. Wir erklären und geloben, von nun an keinerlei gebrannte Wasser zu trinken; noch sie Frau und Kindern zu gestatten; noch sie unsern Freunden anzubieten; oder sie denen zu geben, die bei uns in Arbeit, Lohn und Dienst stehen; noch auch Verkehr und Handel damit zu treiben; sondern vielmehr unsere Freunde und Bekannte zu bewegen, sich dieses giftigen Getränkes gänzlich zu enthalten.«

»Art. II. Wir erklären und geloben, von nun an mit keinem bekannten Trunkenbolde, sei es in Wirthshäusern oder an andern öffentlichen Orten, beisammen zu bleiben, und uns sogleich zu entfernen, wo Jemand durch einen Wein-, Bier- und Branntewein-rausch den Gebrauch der von Gott verliehenen Vernunft verliert.«

»Art. III. Wir erklären und geloben, daß wir dem christlichen Enthaltsamkeits-Verein das Recht ertheilen, jeden von uns, der obiges Versprechen nicht erfüllt, aus der Gemeinschaft zu verstoßen, und in unsern öffentlichen Versammlungen, als Wortbrüchigen, namentlich bekannt zu machen.«

»Art. IV. Alle Jahre einmal soll eine öffentliche Versammlung des Vereins gehalten, in ihm Präsident und Sekretäre, so wie ein engerer

Ausschuß von neun Mitgliedern, zur Besorgung der Vereins-Angelegenheiten gewählt, auch über den Fortgang dieser christlichen Verbindung umständlicher Bericht erstattet werden.«

»Art. V. Wer da will, kann sich jeden Tag, durch Einschreibung seines Namens beim Präsidenten oder Sekretär, in den Verein, als Mitglied desselben, aufnehmen lassen.«

15. Der Gemeindsvorsteher hält eine Rede ans Volk.

»In der That war jetzt die Hauptsache abgethan!« fuhr *Fridolin* in seiner Erzählung fort, zu der er die Schriften benutzte, welche er mitgebracht hatte: »Schon nach 3 Wochen war es gelungen, 29 Hausväter für unsern Enthaltsamkeitsbund zu gewinnen, ungerechnet sieben unverheiratete junge Männer. Ohne Zweifel hatte auch der Tod meines Vaters, und ganz vorzüglich das schreckliche Ende des alten Thaly nicht wenig beigetragen, die Gemüther für unser Unternehmen günstig zu machen. Wie konnte es anders sein, da man das Beispiel von den Wirkungen des Brannteweins, vom Untergang einer sonst geachteten Familie, von dadurch entstandenem Selbstmord zweier Personen, von der Flucht einer unglücklichen Tochter, von der Verarmung eines ehemals guten Hauses so nahe vor Augen hatte! Aber wenn dies Alles auch nicht der Fall gewesen wäre, so hatte doch fast jeder an sich mehr oder weniger schon die Erfahrung gemacht, daß der gute, wie der schlechte Branntewein ein ungesundes Getränk sein müsse. Jeder wußte von den Schlägereien, Verwundungen und Schändlichkeiten, die im trunkenen Muthe fast alle Wochen begangen wurden. Jeder kannte die Haushaltungen, mit denen es den Krebsgang ging, weil der Mann Abends gewöhnlich weinwarm aus einem Wirthshaus kam, und, was er verdiente, vertrank und verspielte.«

Nun wurde von uns also die erste öffentliche Versammlung des Vereins beschlossen, und wirklich an einem Sonntag im großen Saal des Gemeindehauses abgehalten. Außer den von uns Eingeladenen waren weit mehr denn hundert Andere aus hiesigem Orte gekommen; die meisten wohl aus Neugier; manche vielleicht auch, um sich nachher über uns lustig machen zu können. Der erste Gemeindsvorsteher hatte, auf unsere Bitten, in dieser Versammlung einsweilen den Vorsitz übernommen, und hielt eine Anrede, die, in ihrer natürlichen Einfalt und Derbheit manchem Lachlustigen den Lachkitzel vertrieb. Sie lautete folgendermaßen:

»Liebe Mitbürger! – Man weiß im ganzen Marktflecken, warum wir hier zusammengekommen sind. Also brauch' ich es euch nicht erst zu sagen. Aber ich denke mir, die Wenigsten von euch sind wohl gekommen, um einem christlichen Mäßigkeits-Verein anzugehören, sondern um etwas Neues zu vernehmen. Gut! Ihr sollt Neues erfahren, was ihr vorher nicht wußtet.«

»Wenn ich von Haus zu Haus laufen wollte und fragen: Wie viel glückliche und zufriedene Familien haben wir in der Gemeinde? Ich glaube, ich brächte keine volle drei Dutzend zusammen. – Wie geht's mit *Wohlstand* und *Vermögen?* Antwort: Selten vorwärts; bei den Meisten schief und rückwärts. Beinahe die Hälfte der Einwohner ist ziemlich verarmt; der übrige Theil bemittelt, aber verschuldet. Der Reichen haben wir wenige. – Wie steht's mit der *Religion und Sittenzucht?* Sonntags Morgens singt man in der Kirche, Abends in den Wirthshäusern. Zänkereien und Stänkereien, Schlaghändel und Prozesse gibt's bei uns in Hülle und Fülle; das weiß der Friedensrichter dort am besten. An Fallimenten fehlt's nicht; an Selbstmördern leider auch nicht! An unehelichen Kindern leider auch nicht! Ein paar unserer Mitbürger sind ins Zuchthaus gewandert! Sind das die Früchte der Religion? – Wahrhaftig nein! Das sind die Früchte des Teufels, die er seinen Freunden und Unterthanen bringt.«

»Aber wo hat denn der Teufel gewöhnlich und für die Meisten unter uns seinen Thron aufgeschlagen? Auf dem Zapfen der Wein- und Brannteweinflasche! Seht, das habt ihr doch noch nicht gewußt. Und davon soll eben die Rede sein. Allerdings, der Wein erfreut des Menschen Herz, sagt die heilige Schrift, nota bene; wenn man Maß und Ziel hält. Maß ist in *allen* Dingen gut, also auch in *guten* Sachen. Der Wein ist eine Gabe Gottes; aber der Branntewein eine Gabe des Teufels, darum kann man ihn aus allerlei brennen und destilliren, und Jeder kann ihn machen, weil er uns in keinen Rebbergen in die Hand wächst. In mäßiger Menge gegossen hat der Wein durchaus keine schädliche Wirkung. Selbst die völlige Weinbesoffenheit hat noch keine so zerstörenden Wirkungen auf Leib und Seele, als Brannteweinbesoffenheit. Auch der vorsichtige Trinker des Weins wird oft, wenn er sich nicht hütet, zum Säufer; je mehr er trinkt, je mehr ihn dürstet. Zulegt begnügt er sich nicht mehr mit dem Traubensaft; er greift zum Brannteweinglase. Viele thun es früher, weil sie nicht Geld genug für Wein im Sack haben. Die Unglücklichen! sie wissen nicht, was sie thun. Sie trinken Gift! *In allen Branntewein ist Gift gethan* und zwar von allerlei Sorte. Das habt ihr noch nicht gewußt. Ich hab' es auch erst von den Doktoren erfahren. Darum muß es jetzt Allen bekannt werden. Hört aufmerksam zu!«

»Der Branntewein besteht hauptsächlich aus Wassertheilen und vielem Weingeist oder Spiritus. Dieser Weingeist ist das Giftartige. Er brennt in blauen Höllen-Flammen, wenn man ihn anzündet. Er wirkt auf Blut und Galle, und erzeugt bei seinen Liebhabern die ihnen gewöhnlichen Leberkrankheiten. Er vermischt sich nicht mit den andern Säften des Körpers, sondern bleibt wie er ist. Er geht in die Muttermilch über; und säugende Frauen, wenn sie Branntewein nehmen, haben des Nacht unruhige Kinder. Er geht in das Blut über und ändert seine Natur nicht. Das Blut eines rechten Säufers, dem man zur Ader gelassen, brennt, wenn man es destillirt, in blauen Weingeistflammen. Der Weingeist kann sich sogar im menschlichen Leibe entzünden. Daher hat man in allen Ländern Beispiele von Menschen. die von selbst in Flammen ausgebrochen und zu Asche verbrannt sind. Im Kanton *Basellandschaft* verbrannte vor einigen Jahren ein Mann bei lebendigem Leibe zu Asche, der sich den Schnapps hatte zu sehr gefallen lassen.«

»Im Branntewein, wenn er auch wasserhell ist, sind sehr häufig *Kupfertheile* aufgelöst. Man kann diese Auflösung nicht ganz verhüten, wenn beim Brennen des Brannteweins dieser durch die Röhren in die Vorlage abfließt. Ich habe in solchen Röhren schon eine ganze Kruste von *Grünspan* gesehen, aber ich habe auch schon viele vergiftete Trinker gesehen, die davon schleichendes Fieber, Schwindel, Auszehrung hatten. – Im Kirschwasser ist das bis jetzt bekannte stärkste Gift enthalten, nämlich die fürchterliche *Blausäure*. Ein kleiner Tropfen Blausäure, auf die Zunge eines jungen Hundes gethan, tödtet ihn auf der Stelle, unter vielen Zuckungen. Freilich ist im Kirschwasser die Blausäure sehr verdünnt; aber wer viel trinkt, schluckt natürlich auch viel davon.«

»Dabei bleibt's nicht! Die Branntweinbrenner und Likörfabrikanten geben noch allerlei schädliche Beimischungen, um ihre Waare den Liebhabern schmackhafter und beliebter zu machen; gleich wie manche Wirthe, ans gleicher Ursach', ihre Weine stärker schwefeln und mit nachtheiligen Zusätzen zu verbessern meinen. Häufig werden dem Branntewein auch *Alaun* und *Bleiauflösung* zugemischt; oder *Kirschlorbeerblätter, Pfeffer, bittere Mandeln* und andere aufreizende oder betäubende Mittel. Daher zum Theil sind die verderblichen Wirkungen der gebrannten Wasser *nicht bei allen Trinkern gleich.* Der Eine leidet an diesem, der Andere an jenem Uebel. Vergiftung des Menschen findet aber in jedem Fall statt; sogar bei enthaltsamen Brannteweintrinkern; geschweige bei denen, die täglich ihren Schnapps zu sich nehmen. Sie werden in der Regel nicht alt. Bei uns hier in der Gemeinde sind wenige Schnappsfreunde, die sich kräftig und gesund fühlen. Fragt nur in ihren Häusern nach. Fragt nur unsere Herren Doktoren. Es gibt auch Manche, *die trinken und nicht berauscht werden.* Das bewirkt bei ihnen zum Theil die Gewohnheit. Sie thun sich darauf etwas zu gut. Sie glauben, sie können es ertragen. Man hält sie kaum für eigentliche Trunkenbolde und sind es dennoch. Aber innerlich sind sie zerfressen; Milz, Leber und Magen sind wurmstichig. Sie verdauen schlecht; auch das Wenige nicht. Kein Wunder. Man hat bei manchen Trinkern den Magen so klein gefunden, daß er nur eine Faust groß war; bei andern sah man den Magen durchlöchert. Manche Zechbrüder widerstehen mit eiserner Gesundheit allen Uebeln ihres Lasters; aber schaut auf ihre *Nachkommenschaft!* Was der Vater nicht verdienterweise leidet, davon werden die schwachen, ungesunden Kinder das Opfer! Wer Branntwein trinkt und seine Portion Gift einmal im Leibe hat, den nimmt jede Krankheit, wenn ihn eine befällt, weit härter mit, als den Nichttrinker, oder nimmt ihn schnell aus der Welt.«

»Liebe Mitbürger, ihr seht mich verwundert an. Ich spreche aber nach dem Zeugniß berühmter Aerzte. Ihr denkt, ich übertreibe? Nein, ganz und gar nicht. Man hat bisher an die bösen Wirkungen des Branntweins nicht viel gedacht; man mußte davon erst Erfahrung haben. Jetzt hat man sie. Unsere alten Vorfahren kannten dies Getränk nicht, und brauchten es nicht. Auch heut' leben Tausende ohne dasselbe. Sie sind gesund. Und Tausend leben, die aus dem sichtbaren Schaden klug genug geworden sind, und sich seiner gänzlich entschlagen haben. Sie sind gesünder, frömmer und wohlhabender geworden.«

»Der Branntewein ist bei uns erst seit den Theurungsjahren gemeiner geworden, als damals Wein und Bier zu schlecht und zu kostspielig wurden. Seitdem blieb man beim Schnapps. Aber seitdem ist Armuth und Bettelei und Liederlichkeit bei uns größer geworden. Das Gesöff wärmt wohl ein paar Minuten den Magen, reizt wohl eine Stunde lang die Lebenskräfte an, aber hinterläßt nachher träge Gliedmaßen, schweren Kopf; lähmt Verstand und Herz und Arm. Brannteweintrinkende Arbeiter sind in der Regel schlechte Arbeiter. Ich kenne diese faulen Vögel aus Erfahrung. Fort mit ihnen! Während sie im Wirthshaus ihren Lohn vertrinken und verspielen, leben daheim Weib und Kind elender, als die Hunde. Kömmt der Mann heim, gibt's Zank und Streit. Schaut auf der Gasse die blassen, halbnackten, lasterhaften Kinder! Wodurch sind sie blaß, halbnackt und lasterhaft? durch die Verruchtheit ihrer gewissenlosen, viehischen Aeltern. – Versteht ihr mich? – Kleine Buben können bei uns schon Branntewein saufen; sie machen es den Alten nach, die bei allen Gelegenheiten, sogar bei Begräbnissen, zechen. Das Laster der Trunkenheit steht nie allein. Es hat zur Gesellschaft die Spielsucht, Wollust und mancherlei heimliche Sünde. Selbst Kinder begehen schon Unzucht!«

»Werdet ihr mir glauben, wenn ich euch sage, daß in unserer Gemeinde die ärmsten Familien, welche Unterstützung genießen. doch täglich ihren Branntewein trinken, der aber weder satt macht, noch ihren Durst stillt? Werdet ihr mir glauben. daß sie dadurch ärmer und untüchtiger zur Arbeit werden? Daß von zehn Wahnsinnigen in den Irrenhäusern, von zehn Dieben und andern Verbrechern in den Zucht- und Strafanstalten, von zehn Kranken und Verlumpten in den Spitälern, gewiß ihrer neune sind, die gern Branntewein tranken und durch dies Getränk zuletzt dahin gerathen sind? – Christen, die ihr zur Kirche laufet, gehorchet ihr Gott, der das Laster der Trunkenheit verbietet? Ich glaube, der Giftteufel im Branntewein ist gar Vielen von euch lieber. Ihr setzet eher die Seligkeit eurer Seele aufs Spiel, als daß ihr jenen Giftteufel verabschieden möchtet.«

»Ich merk' es wohl, mancher von euch denkt: es ist auch nicht halb so arg. Ein Glas Branntewein, selbst ein kleiner Rausch kann nicht schaden. Es zerstreut den Kummer und macht das Herz fröhlich. O ja, ich will euch noch mehr sagen: ein kleiner Rausch macht eine Stunde lustig; aber einen Tag, oft ein Jahr lang bringt er Aerger und Reue. Ein kleiner Rausch macht eine Stunde lang reich; man verschwendet dann sein Geld, als hätte man dessen zu viel. Was man im Rausch kauft, sieht man schöner und sieht man doppelt.

Aber nüchtern sieht man sich geprellt und den Beutel leer. Darum gibt man bei öffentlichen Steigerungen den Mehrbietenden Wein und Branntewein, damit sie *doppelt* sehen und sich *reich* dünken. Aber wie viele Menschen sind dadurch in Noth und Schulden gekommen!«

»Doch ich will zum Ziel schreiten. Es muß dem ekelhaften Unwesen und Elend bei uns abgeholfen werden. Regierungen und Gesetze bekümmern sich leider fast in keinem Lande darum. Ich weiß nicht, ob es ihnen an Willen, oder Kenntniß, oder an Macht fehlt. Man muß es ihnen endlich, wie euch, sagen: Weingeist und Gift sind einerlei; das bezeugen die gelehrtesten und erfahrensten Aerzte; das bezeugt fast in allen Städten und Dörfern wöchentlich und täglich eine traurige Erfahrung. Branntewein ist nicht nur Leibesgift, sondern auch Seelengift. Er verdirbt nicht nur die Gesundheit des Volks, sondern macht es ärmer, verwilderter, sittenloser, zahlreicher an Verbrechern. Aus Apotheken darf, ohne Aufsicht der Aerzte, kein Gift verkauft werden; aber für Geld gibt die Regierung Patente, Brannteweingift zu brennen und an Jedermann zu verkaufen. Ein Gesetz, das offenbar Unsittlichkeit und Rohheit begünstigt, ist ein unchristliches, unsittliches Gesetz. Und ein solches ist jedes Gesetz, welches leichtsinnig den Gifthandel gestattet. Spielhäuser und Bordelle richten nicht den tausendsten Theil des Schadens im Volk an, als der Branntewein. Jene aber verbietet man, und zu diesem lacht man! Das ist die Weisheit, oder vielmehr die Barbarei unserer Regierungen und Gesetzgeber. Vielleicht aber ist ihnen das Unglück unbekannt, welches die Branntweinliebhaberei veranlaßt oder geradezu stiftet? – Warum ziehen sie darüber nicht Erkundigungen in Städten, Flecken und Dörfern ein? Warum fordern sie nicht Berichte über den frühern Lebenswandel derer ein, die in Spitälern, Armenhäusern, Irren- und Strafanstalten sitzen? – Da würden sie erfahren, daß der Branntewein die Elenden dahingebracht hat; erfahren würden sie, daß kein Dieb, kein Mörder, kein Straßenräuber, kein Brandstifter leicht an sein Verbrechen gegangen sei, ohne daß er sich nicht vorher durch Wein und Branntewein Muth trank. – Und die Regierungen blieben gleichgültig dabei! Gott verzeih ihnen!«

»Darum wollen und müssen wir uns selber helfen. Eine ansehnliche Zahl ehrenwerther Männer unserer Gemeinde hat sich einem christlichen Verein verbunden, wie er schon mit Glück in andern Ländern besteht. Diese Männer sind entschlossen, das Branntewein-trinken bei sich und ihren Freunden und Bekannten, wo möglich, ganz abzuschaffen, und zu leben, wie unsere in Gott ruhenden Alt-vordern. In diesen Verein können aber nur Freunde eines nüchter-nen Wandels treten, mögen sie arm oder reich sein. Es ist dieser Verein kein politischer, kein gelehrter. Er beruht auf einem Vertrag wohlgesinnter Familien, um Religion, Wohlstand und Eintracht in unsere Gemeinde zurückzuführen und zwar einzig durch das Mit-tel, keine gebrannten Wasser mehr, als in höchst seltenen Fällen, zu genießen. Wir hoffen, ihr und eure Familien werdet nach und nach euch uns anschließen. Und nun ihr die Sünde, welche so großes Unheil bringt, als schwere Sünde erkennet gegen euch selbst, gegen eure Weiber und Kinder, gegen eure Mitmenschen und gegen Gott: werdet ihr davon ablassen. Höret nun das einfache Gesetz des Ver-eins.«

Mit lauter Stimme las der Gemeindsvorsteher die von uns ange-nommenen Statuten ab, die sogleich von den sechsunddreißig Männern unterzeichnet wurden, welche sich zuvor schon dazu anheischig gemacht hatten. Man verteilte nachher die Statuten ge-druckt in alle Häuser, damit sie Jedermann kennen lerne.

16. Was die Folge davon war.

»Unser Vorsteher war ein kräftiger Volksredner; obgleich nur ein Landmann, doch ziemlich unterrichtet, nicht kunstgerecht, aber vom Herzen zum Herzen, derbe und biderb. Dennoch wirkte seine Rede, die in der Versammlung bald Lächeln, bald Ernst erregt, nicht so viel, als ich erwartet hatte. Nur drei Hausväter, welche noch nicht zu unserm kleinen Bund gehört hatten, traten Einer nach dem Andern hervor, und erklärten, sie wollen ebenfalls unterschreiben und sich dem Verein anschließen.«

»Mehr aber, als der Zutritt von diesem, freute mich ein schmieriger, verlumpter Kerl, der sich langsam dem Tische des Vorstehers nahte; übrigens in der Gemeinde, als Saufbruder bekannt und schon öfters auf der Straße, oder in irgend einem Graben, berauscht gefunden worden war. Er begehrte, Mitglied des Vereins zu werden; man solle seinen Namen, weil er selber nicht schreiben könne, ins große Buch eintragen; er wolle ein Kreuz dazu setzen. Es entstand ein schallendes, langes Gelächter in der ganzen Versammlung. Als sich dieses etwas gelegt hatte, wandte sich der Mensch, man nannte ihn nur den »Sauf-Jochen«, gegen die heitere Menge ruhig um und sagte: »Ja doch, lacht euch satt! Ich will seiner Zeit auch über manchen von euch lachen. Ich weiß wohl, sonst war ich ein braver Kerl, so gut wie irgend einer. Das Schnappstrinken aber hat mich endlich, ich weiß es wohl, zum Vieh gemacht; hat meiner armen Frau schon tausend Thränen gekostet, und meine Kinder gehören leider zu denen, die auch nackt und bloß gehen. Ich habe seitdem weder Muth noch Lust, etwas zu schaffen; bin weder krank noch gesund, und ein elender, bedauernswürdiger Kerl geworden. Ich habe viel auf dem Gewissen. Gott möge mir verzeihen und helfen! Aber Gott wolle auch denen verzeihen die mich zum Brännt'strinken verleitet haben. Das sind alle die, welche mir, wenn ich bei ihnen, als Taglöhner, in Arbeit stand, Branntewein einschenkten. Die gewöhnten mich allmälig daran! Aber verflucht sei von nun an jeder Tropfen von dem Höllentrank, der über meine Zunge geht!«

Es entstand bei dieser Rede große Stille. Man las in allen Gesichtern Verwunderung und Ungläubigkeit. Ich selbst zweifelte an der Beharrlichkeit des armen Mannes in seinem guten Vorsatz. Doch hat er nachher wirklich Wort gehalten. Er wurde, wie er es beharrlich verlangte, in das Vereinsbuch eingeschrieben. Die Versammlung ging aus einander.«

»Wenn sich nicht gleich anfangs mehrere Leute um Aufnahme meldeten, so rührte dies von allerlei kleinlichen Ursachen her. Bei den Einen war der Genuß geistiger Getränke Gewohnheitssache geworden. Sie bildeten sich nach wie vor ein, es sei *Bedürfniß für ihre Gesundheit*; es sei *für sie ohne* Nachtheil, weil sie es nie so weit kommen ließen, benebelt zu werden. Die Andern machten sich über unsern *Mäßigkeitsverein* lustig; nannten ihn einen *Müßigkeitsverein*; glaubten, er werde nicht lange dauern; der Frömmigkeitseifer werde bald verflogen sein. Andere würden sich uns vielleicht angeschlossen haben, aber es verdroß sie, daß man den und diesen zur Stiftung eingeladen, und sie nicht zuerst darum begrüßt hätte. Wieder Andere, vorzüglich unter den Vermöglichern, zogen sich vornehm zurück; meinten, man könne mäßig leben, ohne zu einem Mäßigkeitsverein zu gehören; man müsse nicht mit der Tugend prangen und groß thun. Auch lasse es sich Anstandes halber bei ihnen nicht wohl vermeiden, besuchenden Fremden oder Freunden ein Glas Kirschwasser, Cognac, oder andern Likör, vor oder nach Tisch vorzusetzen. Noch Andere gebrauchten andere Vorwände, um sich von der lästigen Bürger- und Menschenpflicht los zu machen, mit eigener Selbstüberwindung, Wohlfahrt und Sittlichkeit durch Ausrottung der Trinksucht befördern zu helfen. Daß die Gastwirte, Winkelschenken und Schnappskrämer nicht auf unsere Seite treten mochten, vergeht sich von selbst.«

»Indessen wir Andern blieben unserer Sache treu, schafften, von Stund' an, alle Arten destillirter Getränke in unserer Haushaltung ab, und gaben davon weder Fremden noch Einheimischen, die uns besuchten, oder auf dem Felde arbeiteten. Weil wir mit einander im Marktflecken unserer Mehrere waren, nahm Keiner von uns Anstand, in solchem Fall offen zu gestehen, daß wir zum Enthaltsamkeitsverein gehörten, und daher Gelübde gethan hätten, zum Besten des Volks, auf keinerlei Weise Gebrauch von hitzigen Getränken zu machen. Gerade das gab nicht selten auch Gelegenheit, Andern unsere Ueberzeugungen mitzutheilen und bald diesen, bald jenen in seiner alten Neigung zu erschüttern. Wirklich kamen nach und nach Einzelne, und ließen sich in ihrem und ihrer Familie Namen ins Vereinsbuch eintragen. nachdem sie dem Vorsteher ihr Handgelübde abgelegt hatten. Einige Monate später hatten wir schon eine Zahl von 211 Seelen im Verein.«

»Unsere Standhaftigkeit blieb nicht ohne guten Erfolg; und führte dann und wann auch zu sonderbaren Auftritten. Einige Arbeiter und Taglöhner wollten sich durchaus nicht zu unserer Regel bequemen. Sie forderten, wenn sie bei Einem oder dem Andern von uns arbeiteten, ihren gewohnten Schnapps. Schlug man es ab, so blieben sie weg. Einige, die als Hausknechte in Lohn und Brod standen, kündigten ihren Herren und Meistern geradezu den Dienst auf. Mancher unserer Freunde kam dadurch in augenblickliche Verlegenheit. Wir halfen einander aber aus, wie wir konnten. Es fehlte auch nicht an Aufwiegelungen gegen uns.«

»Der Ausschuß des Vereins, zu welchem wir mehrere Mitglieder beriefen, die eigentlich nicht zu ihm gehörten, versammelte sich öfters; denn es gab, besonders im Anfang, vielerlei zu besprechen. Weil man uns einen kleinen Krieg machen wollte, führten wir den Verteidigungskrieg, und mit Glück. Gingen wir Abends einmal in ein Wirthshaus, um da nach alter Sitte gemeinschaftlich ein Glas Bier oder Wein zu trinken, und setzte sich, im gleichen Zimmer, irgend ein bekannter Zecher, oder wer im Flecken, *seit Stiftung des Vereins*, irgend einmal einen Rausch gehabt, zu gleichem Zwecke nieder: so standen wir Alle plötzlich von unsern Sitzen auf und verließen das Haus, mit der Erklärung an den Wirth, daß wir mit keinem Saufaus in Gesellschaft sein wollten, und er entweder uns, als bisherige Kunden, verlieren, oder solche Leute, die als Trunkenbolde in übelm Ruf ständen, entfernen müsse. Ein paar Mal, und in verschiedenen öffentlichen Häusern wiederholten wir dies Spiel, und, ich gesteh' es, es geschah absichtlich. Einer der Wirthe achtete nicht darauf, und alle Mitglieder des Vereins blieben sogleich von ihm weg. Wir wandten uns einem seiner Nebenbuhler zu. Dieser entschuldigte sich das erste Mal; wollte uns ein eigenes Zimmer einräumen; da wir dieses aber abschlugen, besann er sich des Bessern, und wies die Saufgesellen fort, um nicht Kunden zu verlieren, die doch zu den achtbarsten Leuten des Orts gehörten. Gegenwärtig ist dieser Wirth selbst Mitglied des Vereins und wirthet keinen Branntewein, keinen Likör mehr aus. Er steht sich deswegen nicht übler. Umgekehrt, jeder von uns, wenn er Gelegenheit hat, weiset ihm Gäste zu.«

»So entstand unvermerkt eine Absonderung zwischen denen, welche nicht den Branntewein fahren lassen wollten, oder welche sich eines Weinrausches nicht schämten, und denen, welche das Gelübde der Enthaltsamkeit gethan hatten. Am schlimmsten kamen dabei die Taglöhner an, und die Handarbeiter, welche sich in oder außer dem Hause starker Getränke bedienten. Man gab ihnen keinen Verdienst, keine Arbeit, und wandte sich denen zu, die nüchtern lebten. Auch unterstützten wir diese und ihre Familien auf alle Weise. Dies hatte einen großen sittlichen Einfluß. Mehrere Handwerksleute und Andere schlossen sich dem Verein ohne Mühe an, sei es, um nicht ihre Kunden zu verlieren, oder um nicht für gemeinere und schlechtere Bürger, als andere zu gelten. Es ward Ehrensache, zur bessern Klasse zu gehören; und selbst jene Wohlhabenden, welche vorher, aus Eigensinn und einfältiger Vornehmthuerei, nicht in den Verein getreten waren, ließen sich nun bereden, mit ihm gemeine Sache zu machen. Ehe ein Jahr verflogen war, sah man schon die guten Früchte der gemeinnützigen Stiftung. Nächtliche Raufereien wurden seltener, während man ihrer sonst ganz gewohnt worden war. Selten sah man versoffene Kerls auf den Straßen zum Gespött der Kinder umhertaumeln. Man fand durch Erfahrung bestätigt, daß Feldarbeiter, die keinen Branntewein erhielten, um den dritten Theil mehr und besser schafften, als welchen man Branntewein gab. Auch daß in die zinstragende Ersparnißkasse nach und nach mehr Geldeinlagen erfolgten, und darin unbemittelte Leute den Ueberschuß ihres Verdienstes wöchentlich, oder monatlich, in Sicherheit brachten, war ein vortreffliches Zeichen. Dies Geld und mehr ward meistens sonst vertrunken und verspielt worden. An Belehrungen, an Ermunterungen, an Unterstützung der unbemittelten Gebesserten, ließen wir es nicht fehlen. Und merkwürdig genug, je zahlreicher die Glieder unsers Enthaltsamkeitsvereins allmälig wurden, je eifriger sah man sie werden, Andere ebenfalls für denselben zu gewinnen. Das läßt sich erklären.«

»Aber am auffallendsten war der Einfluß, den der sogenannte *Sauf-Jochen*, zum Besten der Nüchternheit, in unserm Orte hatte. Seit seiner Bekehrung trank er keinen Tropfen Branntewein; nur Wasser oder Milch, oder Bier; selten Wein, wenn man ihm anbot; und auch diesen nur äußerst mäßig, ein Glas voll, mehr nicht; und oft noch dazu mit Wasser vermischt. Um ihn zu retten, halfen wir mit Unterstützung und Ertheilung von Arbeit. Er hatte an Kraft, Frische und Gesundheit sichtbar zugenommen. Aber er rühmte sich dessen auch überall, und erzählte alle Tage jedem, der es nur hören wollte, daß er erst wieder ein glücklicher Mensch geworden, seit ihm Gott den Gedanken gegeben habe, im Verein das Gelübde der Nüchternheit zu thun. Nur die ersten paar Wochen habe ihn der Brannteweinteufel noch einige Mal in Versuchung geführt; allein er habe sich, wie ein Mann, gehalten und überwunden. Nun stinke ihn das brennende Gift an. Man sieht ihn noch jetzt bei den Bauern stehn, und hört ihn, mit lauter Stimme und sogar mit Bibelsprüchen, gegen das Schnappsen und übermäßige Weintrinken predigen. Wirklich ist es ihm gelungen, nicht nur mehrere arme Haushaltungen, sondern sogar bemittelte Personen durch seine Predigten auf andern Sinn zu bringen. Er geht jetzt mit seiner Frau und seinen Kindern auch reinlich und anständig gekleidet. Es fehlt ihm keinen Tag an Arbeit und Verdienst.«

»Sogar ist er Sonntags, wie ein wahrer Mäßigkeitsapostel, in die benachbarten Dörfer gelaufen, um nach seiner Art mit schreiender Stimme das Evangelium des nüchternen Lebens zu verkünden. Der wunderliche Kauz benimmt sich dabei auf ganz eigene Art, bindet überall an; fleht und ermahnt mit Thränen; läßt sich durch nichts stören oder aus dem Text bringen; hat für Alles eine Antwort bereit und ruft dabei jedesmal zuletzt: »Ich bin 21 Jahre lang ein Trunkenbold gewesen; habe mehr, als eine Seele, zu meinen Lasterwegen verführt. Jetzt ist's Schuldigkeit, daß ich den Himmel mit mir armem Sünder versöhne und so viel Leute, als ich kenne, vom Verderben rette!«

»Ich glaube fast selbst, Joachim hat mit seinen Predigten mehr bei unsern Nachbarn ausgerichtet, als ihre Pfarrer an den Sonntagen. Die Bauern hören ihn gern, sehen ihn, wie etwas Außerordentliches in seiner Art an: er spricht auf volksbeliebte Weise und ohne alle Rücksicht und Schonung gegen Vornehm und Gering. Wirklich sind schon seit einem Jahre in zwei Dörfern Enthaltsamkeitsvereine, gleich dem unsrigen, gestiftet. Anfangs ließen sich Leute von dort in den hiesigen Verein aufnehmen. Jetzt ist schon in einem dritten Dorf das Werk im Werden.«

»Noch eins muß ich hinzufügen. Ein Marktflecken, wie der unsrige, schien anfänglich am wenigsten geeignet zu sein, einen Enthaltsamkeitsverein zu begünstigen. Es ist hier ein starker Durchpaß. Die öftern Jahrmärkte ziehen viele Krämer, Viehhändler, Fuhrleute, Einkäufer aus der Nachbarschaft, tanz- und trinklustiges junges Volk, auch mancherlei fremdes, lüderliches Gesindel herbei. Jetzt aber hat sich gezeigt, daß eben darum unser Ort am tauglichsten war, gute Gesinnungen zu verbreiten und den Samen des Bessern sogar in der Ferne auszustreuen. Denn der veränderte sittliche Zustand hiesiger Ortseinwohner mußte den Jahrmarktbesuchern endlich wohl ins Auge fallen. Sie sahen bei uns keine verlumpten Saufbrüder mehr; selbst die noch vorhandenen, ausgemachten Trunkenbolde nehmen sich wohl in Acht, daß sie, wenigstens nicht öffentlich, als solche erscheinen. Angebotener Branntwein ward überall ausgeschlagen. Dagegen fand man mehrere sonst baufällige Hütten, welche Sauställen ähnlich waren, sauber hergestellt; arme Kinder reinlich bekleidet; Jung und Alt gesunder und frischer. Die Verwandlung wird von Jahr zu Jahr auffallender. Die Ursach blieb kein Geheimniß. Manchem kam sie sonderbar vor; aber Keinem dünkte sie übel. Die Fremden nahmen häufig die gedruckten Statuten des Vereins mit. Ich meine, der gute Same kann auch anderswo gute Frucht hervortreiben.«

17. Die Ueberraschung.

Hiemit endete Fridolin seine Erzählung, die für mich von großem Interesse war.

Ich wußte aus den Zeitungen, daß man hie und da im Vaterlande Versuche gemacht habe, Mäßigkeitsvereine zu gründen. Aber ich kannte keinen wirklich bestehenden. Es ist wahrscheinlich an vielen Orten bei gutgemeinten Versuchen geblieben, weil Männer, welche dergleichen unternahmen, entweder nicht Festigkeit des Charakters genug besaßen, oder so wenig, als ich, wußten, wie die Sache eigentlich anzugreifen sei?

Ich dankte dem braven Fridolin herzlich. Ich hatte wahre Ehrfurcht vor dem edelherzigen, jungen Mann bekommen; und konnte mir nun die sehr verschiedenartigen Urtheile erklären, welche über ihn gefällt waren, als ich die ersten Nachfragen seinetwillen gehalten.

»Wahrlich, Ihr habt Gutes und Großes gethan!« sagt' ich zu ihm: »Wenn immer möglich, will ich Euer Nachfolger werden. Das Bewußtsein eines solchen Werkes muß Euer Herz mit Gottesfrieden und Gottesfreuden erfüllen. Ja, du lieber, edler, guter Fridolin, – nimm's nicht übel, ich will dich Du nennen; mache mich auch zu deinem Bruder. Du hast ja um meine Gesundheit und dadurch um meine Familie das größte Verdienst. Du hast ja auch mich von der Selbstvergiftung gerettet durch deinen Rath. Nenne mich deinen Bruder!«

Er umarmte mich, und sagte: »Lieber Freund, du schlägst meine Verdienste etwas zu hoch an. Aber wer wollte nicht gern der Bruder einer Seele sein, die schon durch so Weniges in Begeisterung gerathen kann, als ich gethan habe!«

»Nenn' es viel, oder wenig,« rief ich: »Aber nun begreif' ich vollkommen, was du unter den Worten verstandest: du habest auf deines Vaters Grab den schönsten Denkstein setzen wollen. *Die Tugenden der Kinder sind die schönsten Ehrensäulen ihrer Aeltern.* O, wie wird dich Justine Thaly unter Freuden- und Wehmuthsthränen segnen und bewundern, wenn ich ihr davon zu Hause erzähle!«

Bei diesen Worten, die ich in der Lebhaftigkeit meiner Gefühle ganz unbedacht aussprach, ward der gute *Fridolin* todtblaß. Er starrte mich an und stammelte: »Was? zu Hause? Wer denn? Du sagst Justine Thaly?«

Ich ergriff seine Hand und erwiederte: »Verzeih' lieber Fridolin. Es ist mir in der Uebereilung ein Wörtchen zu rasch entfahren, worauf ich dich besser hätte vorbereiten sollen und können Und doch bin ich in der That, nur Justinens wegen, hierher gekommen, wiewohl sie selber nicht darum weiß. Beruhige dich. Ich habe schon bemerkt, daß es dir und deiner Mutter unlieb sei, wenn nur der Name des Mädchens ausgesprochen wird. Darum wollen wir kurz abbrechen.«

»Nein, nein!« schrie *Fridolin:* »Rede, Justine, in deinem Hause! – Rede, sie lebt noch, und bei dir? Belüge mich um Gottes willen nicht! Wer sagt, daß dies arme Kind, daß mir sein Name unlieb sei? Blutet nicht mein Herz seit drei Jahren um die Unglückliche? Würde nicht meine vortreffliche Mutter, wenn sie noch frei ist, sich selbst hinopfern, mich durch sie wieder glücklich zu machen? – So rede doch, wenn du mich wirklich lieb hast. Du kennst sie? Sie ist bei dir? Wie ward das möglich? Und ist sie deiner Achtung würdig?« – – –

Fridolin, trotz dem er mich beständig zum Reden aufforderte, hätte ganz sicher noch ein paar hundert Fragen an mich gerichtet, wenn er nicht von mir unterbrochen worden wäre. »Beruhige dich!« sagt' ich: »Du sollst Alles erfahren. – Ja doch! Justine ist ein Engel; ist deiner und meiner Hochachtung würdig; Justine ist bei mir.« – – –

Hier sprang Fridolin, dem Freude und Ueberraschung alles Blut ins Gesicht trieb, hastig vom Stuhle auf, rannte durchs Zimmer und rief: »Bei dir? Und du verschwiegst es? Bei dir hier? Noch im Gasthof? Ich muß es meiner Mutter sagen. O wie konntest du mir solches Leid thun?«

Ich mußte den Doktor mit aller Kraft festhalten, daß er nicht davon lief. »Höre doch; fasse dich!« rief ich: »Es waltet Mißverständniß unter uns. Sie ist nicht bei mir hier, sondern bei meiner Frau und Tochter zu Hause; zweiundzwanzig Stunden Wegs von hier. Sie weiß nicht einmal davon, daß ich bei dir bin!«

Diese Erklärung stelle seine Ruhe scheinbar wieder her. Er sank aber still in den Sessel zurück, mit trauriger Miene, und sagte: »Wie ist es ihr in so vieler Zeit ergangen? Wie kam die Beklagenswürdige ins Haus zu dir?«

Nun erst konnt' ich dazu gelangen, ihm zu erzählen, wo und wann meine Frau und ich Justinen gefunden und sie mit uns genommen hätten. Wie umständlich immerhin mein Bericht sein mochte, schien er dem Doktor doch immer zu kurz und unvollständig. Er störte mich mit einigen Zwischenfragen hundert Mal in meinem Vortrag, bis ich endlich rundweg erklärte, mehr wisse ich nicht; und wolle er mehr wissen, solle er mit mir kommen, und seine ehemalige Verlobte selber fragen.

»*Ehemalige!*« seufze *Fridolin:* »Ja wohl aus übermäßigem Zartgefühl machte sie mich und sich unglücklich, und schickte sie meiner Mutter den Ring zurück. Aber ich will wissen, ob sie sich und mich zeitlebens dem Gram überlassen will? Ich reise mit dir. Ich will sie hören. Es muß unter uns entschieden werden.«

Fridolin nahm hastig meine Hand und führte mich zu seiner würdigen Mutter. Hier mußt' ich abermals Alles, was ich ihm gesagt hatte, wo möglich mit noch größerer Umständlichkeit wiederholen. Die gute Frau hörte mich erst mit Erstaunen, dann mit freudeleuchtenden Augen an, und schloß endlich mit Thränen ihren Sohn in die Arme, der an ihrer Brust laut weinte.

Es gehörten einige Stunden Zeit dazu, ehe sich die lieben Leute von ihrer Ueberraschung erholen und mit mir überlegen konnten. was zu thun sei? Unvorbereitet dürfte Justine, ohne Gefahr für ihre zarte Gesundheit, den ehemaligen und noch immer geliebten Jugendgespielen nicht bei sich erscheinen sehn. Ich schrieb vorläufig meiner Frau, in welcher Stimmung ich den Doktor Walter gefunden und daß ich ihrer Klugheit überlasse, Justinen mit unserer baldigen Ankunft bekannt zu machen. – Ein paar Tage nach diesem Schreiben setzte sich Fridolin zu mir in den Reisewagen.

18. Die Waisen der Selbstmörder.

Ich bekenne, daß ich heimlich vor dem ersten Augenblick zitterte, in welchem sich die jungen Leute, nach einer mehrjährigen, kummerreichen Trennung wieder erblicken würden. Ich verlor auch diese Furcht selbst da nicht, als uns meine Frau bei unserer Ankunft versicherte, Justine sei auf den Empfang ihres Freundes vollkommen gefaßt, wie tief sie auch, durch die erste Nachricht von unserer Bekanntschaft mit ihm, erschüttert worden sei. Meine Tochter flog, um uns anzumelden, auf den Wink ihrer Mutter, zu Justinen. Nach einigen Minuten erschienen beide Mädchen in dem Zimmer, wo wir versammelt waren.

Schreckliche Todtenblässe hatte Justinens schönes Antlitz bedeckt. Dennoch ging sie, festen Schrittes, zuerst gegen mich, um mich zu begrüßen. Sie reichte mir stumm eine eiskalte Hand zum Willkommen, indem ein vergängliches Lächeln, wie das Lächeln eines Leichnams im Sarge, auf ihrem alabasterweißen Gesicht schwebte. Dann blickte sie auf Fridolin, und verneigte sich gegen ihn; aber mit einer Kälte und Gleichgültigkeit, als wäre sie ihm und allen irdischen Verhältnissen abgestorben. Er nahte sich der geisterhaften Gestalt mit sichtbarer Bestürzung, führte ihre Hand zu den Lippen, und sprach: »Meine Justine, warum siehst du mich so unfreundlich an? Dank sei der himmlischen Vorsehung, die dich mir und meiner Mutter wiedergegeben hat, die deine Mutter werden will! Du gehörst mir nun und ewig. Nichts soll uns wieder scheiden. Blicke mich freundlicher an. Ist dir Fridolin nicht mehr lieb und theuer?«

Die Jungfrau öffnete ihre Lippen zum Sprechen einige Mal ohne einen Laut zu geben. Dann endlich sagte sie mit kaum hörbarer Stimme, und ihre Gesichtszüge belebten sich während des Redens immer mehr: »Fridolin, – lieb und theuer – du bist's. – Darum komm' ich; darum seh' ich dich noch einmal. Ich war deine verlobte Braut. Fridolin, nun nicht mehr. Ich bin mit Gram und Schmach beladen. Eine böse Mitgift! Ich darf dir nicht zugehören; dir nicht meine Schande zum Geschenk bringen. Fridolin, ehre den unbescholtenen Namen deiner Aeltern; er ist ein heiliges Kleinod! Er ist ein Segen für die Kinder. Fridolin, du darfst es nicht vergessen: *ich bin die Tochter eines Selbstmörders!* Man zeigt auf mich mit Fingern. Ich darf dich nicht entehren. Nun geh! Leb' wohl!«

Fridolin hielt ihre Hand fester, als Justiz zurücktreten wollte, und rief: »O du Heilige, was hat das Lebensloos deines Vaters mit unserer Liebe zu schaffen? Und wäre mein Vater, oder der deinige, auf dem Blutgerüst gestorben, sollte dadurch unsere Unschuld zum Verbrechen, unsre eigne unbefleckte Ehre zum Ekel der Welt werden?«

»Fridolin!« sagte sie: »durch des Henkers Hand kann oft ein *Schuldloser* sterben; aber wer durch eigene Hand stirbt, ist jederzeit Verbrecher. Sein Mord tödtet nicht nur ihn selbst. Er mordet auch, nach seinem Tode, Frieden, Freude, Ehre und Leben der armen Hinterlassen! so etwas verwischt sich nie! – O Fridolin, glaub' es, mein Vater war gewiß ein guter Mann, bis der erste Trank des Fluchs über seine Lippen ging, den das Feuer der Hölle destillirt hat.«

Mit zärtlich flehender Stimme rief *Fridolin:* »Und *darum* kannst du mich verstoßen, Justine? O, wie viele tausend Selbstmörder ihres Lebens, ihrer Ehre, ihres Friedens, ihrer Seelenruhe sind vorhanden, die heut' noch athmen, und beim Traubensaft und Branntewein nicht ihr und ihrer Familie Verderben und Untergang voraus sehn! Justine, du nennst diese Unglücklichen, mit Recht, Selbstmörder. Auch mein beklagenswerter Vater gehört ja leider zu ihrer schrecklichen Zahl. Auch er zerrüttete Leib und Seele mit dem brennenden Jammertrank so unmerklich, so lange, bis ihn das feurige Gift im eigenen Bette erwürgte. – Soll ich nun *darum* deiner nicht würdig sein?«

»Wie?« fragte *Justine* schaudernd: »Auch dein Vater? – Auch Er dem Trunk ergeben?«

Fridolin antwortete lange nicht. Sein Haupt sank vor sich auf die Brust nieder, die von heftigem, innerm Schmerz bewegt war. Endlich brach er in ein lautes Weinen aus, verhüllte sein Gesicht und warf sich auf einen Sessel nieder. Justine blieb unbeweglich, den Blick traurig auf ihren Freund geheftet. Ihre Wangen hatten sich während des Redens wieder mit einer matten Röthe gefärbt. Es herrschte im Zimmer allgemeine Stille. Meine Tochter hatte ihre Arme um den Hals der weinenden Mutter geschlungen und verbarg ihr Angesicht an deren Busen. Ich suchte vergebens meine Standhaftigkeit und Ruhe zu behaupten. Der Anblick dieses Leidens zweier vortrefflichen Seelen, die jedes Glücks auf Erden werth waren, welches sie durch der Aeltern Schuld eingebüßt hatten, dieser Anblick zerriß mir das Herz.

Aber auch Justine schien ihr verlornes Gefühl wieder zu empfangen. Zwar in ihren Mienen zeigte sich nicht die mindeste Veränderung. Ihre schönen Züge blieben in der stummen Ruhe, wie vorher. Nur ihre Augen verdunkelten sich, und einzelne Thränen rollten über die Wangen. Sie glich einer weinenden Bildsäule.

Fridolin ermannte sich, fuhr mit dem Tuch über sein Gesicht, sprang auf, ergriff wieder Justinens Hand und rief: »Nein, Justine, das sei ferne von uns! Nein. Gott ist barmherzig! Verdammen wir unsere Väter nicht durch den Schmerz jetziger Erinnerungen und mit dem Elend unsers Lebens. Wenn den Geistern der Abgeschiedenen vergönnt ist, die schwarzen Folgen ihrer Sünden auf Erden wahrzunehmen; wenn sie in diesem Augenblick unsere blutenden Herzen, unsere Thränen sehn, so – sehn sie voll Entsetzens ihre Hölle! Wollte Gott, es ständen, statt dieser wenigen Freunde hier, die Tausende um uns, welche, mit dem schauderhaften Leichtsinn unsrer eignen Väter, heute noch, ihren Kindern Jahre voll Grams bereiten, und. wenn sie einst den letzten Tropfen des lebensfeindlichen Weingeistes hinuntergeschlürft haben, ihren Kindern das ausgeleerte Trinkglas, mit dem bittersten Wermuth gefüllt, zum Erbe hinterlegen. O daß sie hier um uns ständen! – Unsere Thränen, deine bleichen Wangen, der Wittwengram müßten sie bekehren!«

Hier wandte er sich plötzlich wieder, von seinem Schmerz überwältigt, hinweg von Justinen, und that einen Gang durchs Zimmer. Als er beruhigter zurückkehrte, stand er eine Zeit lang schweigend vor Justinen, und betrachtete sie mit wehmüthigem Blick. Dann fragte er leise: »Willst du mich und meine Mutter nicht trösten?«

»Aber Fridolin, *ich bin eines Selbstmörders Tochter!*« antwortete die Unglückliche mit zitternder Stimme.

»Nun denn,« rief Fridolin in leidenschaftlicher Bewegung. »Nun denn, Tochter des Selbstmörders? warum schämst du dich des Sohns eines Selbstmörders? Unser Loos ist das gleiche; reiße dein Schicksal nicht von dem meinigen los!«

Justine legte beide Hände vor ihr Gesicht; wankte einen Schritt vor und fiel lautschluchzend an seine Brust, indem er sie in seine Arme schloß.

Ich winkte meiner Gattin und Tochter. Wir entfernten uns.

19. Das merkwürdige Hochzeitsmahl.

Der Auftritt, dessen Zeugen wir eben gewesen waren, hatte uns mächtig erschüttert. Jeder von uns vermied es, darüber dem Andern ein Wort zu äußern, sondern suchte absichtlich Geschäfte, um sich für einige Augenblicke zu zerstreuen. Für mich lag mitten in den sanften Rührungen des Mitleids etwas unbeschreiblich Schauderhaftes. Welch ein Schicksal von Kindern, die ihre Väter Selbstmörder heißen, und, als solche, beklagen müssen! – Es empört die Natur, solche Klagen zu hören; nur den Trinker läßt solche Klage gleichgültig. Ob der Mann, den seine Leidenschaft umstrickt hält, sich endlich durch den Strang oder durch die Kugel, oder plötzlich durch Arsenik und Blausäure, oder langsam durch Weingeist ums Leben bringt, – ist's zuletzt nicht dasselbe? Immer Selbstmörderei.

Es vergingen unsere Nachmittagsstunden in düstern Betrachtungen. Unsere beiden Gäste ließen sich nicht sehen. Meine ängstliche Frau äußerte mancherlei Besorgnisse. Doch wagten wir es nicht, die jungen Leute zu stören. Welches immerhin der endliche Ausgang ihrer Unterredung sein mochte, ich vertraute der Besonnenheit des braven Walter und der Liebe beider. Als aber der Abend kam und schon in unserm Speisezimmer der Tisch zum Nachtessen gedeckt stand, konnt' ich mich selber kaum einer gewissen Bangigkeit erwehren. Ich ließ die Eßglocke läuten, und meine Tochter auf das Zimmer gehen, wo wir Fridolin und Justinen zurückgelassen hatten. Fast eine Viertelstunde verfloß und niemand erschien. Meine Angst stieg. Ich fürchtete Unglück und war im Begriff mich zu den Ausbleibenden zu begeben.

Da öffnete sich die Thür. Welche Ueberraschung für uns! *Fridolin*, mit einem Antlitz, verklärt durch Seligkeit; und *Justine*, mit verschämt zu Boden gesenkten Blicken, traten Arm in Arm herein.

»Sie hören und sehen nichts mehr!« rief meine *Tochter* lachend: »Ich mußte endlich Gewalt drohen, Justinen zu entführen; wußte aber wohl, Herr Walter werde sie mir nicht überlassen.« *Fridolin* führte uns seine Braut zu, und sagte: »Sie ist wieder die Meinige; der Engel meines Himmelreichs!«

»Segne Euch Gott, Ihr lieben Dulder!« rief ich gerührt: »Laßt mich, als Euern Vater, gelten; und nehmt den Vatersegen von mir.«

»Und ich will deine Mutter sein!« sagte meine Frau mit vom Entzücken glänzenden Augen zu Justinen, indem sie das Mädchen an ihre Brust drückte.

Aber ich mag den feierlichen, seligkeitsvollen Abend hier nicht beschreiben. Jeder kann sich die Mannigfaltigkeit der Gefühle denken, welche die Brust der Einzelnen in unserer kleinen Gesellschaft, abwechselnd, bald bitter, bald süß, durchzogen. Ja, ich würde hier überhaupt die Geschichte einer der merkwürdigsten und schönsten Begebenheiten meines wenig bedeutenden Lebenslaufes schließen, wenn ich nicht noch des Hochzeitsfestes unsers glücklichen und glückswürdigsten Pärchens Erwähnung thun müßte. Ich gestehe, ein herrlicheres hab' ich nie erlebt; und schwerlich werd' ich dergleichen wieder erleben können. Was ist die todte Pracht kaiserlichen und königlichen Glanzes bei Vermählungsfeiern, neben der Pracht, in welcher Fridolin Walter erschien! Man kann sich eine Vorstellung davon machen, wenn ich sage, daß ihm sein Festtag einen Kostenaufwand von mehr denn 15,000 Gulden verursachte. Doch ich will einfach erzählen.

Fridolin verweilte einige Tage bei uns; dann reisete er zu seiner Mutter, um ihr sein Glück zu melden, und, wie er sagte, einige Vorkehrungen zur Aufnahme Justinens und zur Feier der Vermählung zu treffen. Erst nach einer Abwesenheit von fünf Wochen kehrte er zurück, um die Braut in Begleitung meiner Tochter abzuholen. Meine Frau wollte diese Frist benutzen, Justinen mit dem zierlichsten Brautschmuck auszustatten. Allein die Freude ward ihr vereitelt, als Justine berichtete, Walter lasse sich das Recht nicht nehmen, ihr selber für den großen Feiertag den Schmuck zu wählen. Daß wir, meine Frau und ich, zur Hochzeit nicht fehlen durften, versteht sich von selbst. Wir machten die Reise zu Fridolins Heimath vierzehn Tage später, und wurden von unsern Lieben dort, und von des Doktors trefflicher Mutter mit einer Zärtlichkeit und Traulichkeit, wie die theuersten Verwandten, empfangen. Am Hochzeitsmorgen kamen wie Alle fröhlich zum Frühstück zusammen, versteht sich, im höchsten Putz; besonders die Frauenzimmer. Justine blieb am längsten aus, was sich leicht erklären ließ. Aber sie hatte eigensinnig sowohl den Beistand meiner Tochter, als der Mutter Fridolins abgelehnt, sich bräutlich zu schmücken. Wie erstaunten wir, als sie endlich in den Saal trat. Mit Ausnahme einer Blumenkrone auf ihrem Goldhaar, und eines über ihren Locken herabschwebenden Schleiers, trug sie dasselbe einfache häusliche Gewand, worin Fridolin sie zuerst wieder in meinem Hause gefunden hatte. Ihre Schönheit war ihr Schmuck. »Das ist mir ein heiliges Gewand, in welchem sie die Meinige ward!« sagte Fridolin: »Ein köstlicheres konnte ich nicht wählen, sie zum Altar zu führen. Auch sind wir nicht reich genug, uns im Prunk zu zeigen.« Nach vielen Umarmungen und fröhlichem Geschwätz, ging es zum Frühstück.

Allein das lumpige Geplauder verstummte hier plötzlich. Vor dem Sitz der Braut ward auf dem Tisch eine verdeckte Schüssel, und ein Blumenkranz darüber aufgetragen. Die Frauenzimmer richteten die Augen voll ungeduldiger Neugier darauf, besonders, als Fridolin sagte: »Ein Hochzeitsgeschenk für meine Justine!« – Sie nahm lächelnd den Kranz und den Deckel ab, und wir sahen uns Alle in unserer Erwartung sonderbar getäuscht. Keiner zweifelte einen glänzenden Juwelenschmuck zu erblicken. Statt dessen kamen einige zusammengefaltete Papiere zum Vorschein. Selbst Justine machte, etwas befremdet, oder vielleicht in einer Hoffnung getäuscht, wunderliche Miene dazu. Sie entfaltete und las einige der Papiere, ward ernst und blaß. Die hellen Thränen stürzten aus ihren Augen. Außer sich selbst sprang sie vom Tisch auf, und warf sich stumm und weinend um Fridolins Hals, der vergebens einen Sturm beruhigen wollte, den er erregt hatte. Erst später, nachdem Justine besänftigt worden war, vernahmen wir den Werth des Geschenks. Es war kein Geringes und bestand in Titeln, Briefen und Quittungen der noch übrig gebliebenen Schulden, welche Justinens Vater unbezahlt hinterlassen hatte. Sämmtliche Gläubiger waren befriedigt, und keiner von ihnen hatte an diesem Tage das Andenken des unglücklichen Thaly zu verwünschen. Fast eben so bewegt, als Thaly's Tochter, zog ich den großmüthigen Fridolin an mein Herz und rief: »Segne dich Gott, Herzensjunge, herrlicher kannst du nicht in den Himmel deines Lebens eingehen, als du heut' eintrittst!«

Indessen schien es, bei dieser hochzeitlichen Handlung sollte es noch nicht sein Bewenden haben. Denn ich hatte schon am Abend vorher bemerkt, als es dunkel geworden war, und sich Fridolin fast eine Stunde lang von uns entfernt hatte, daß eine Menge Leute von der ärmern Volksklasse zum Hause gekommen waren, und große Bündel mit sich davon getragen hatten. Ohne Zweifel wollte er seinen Freudentag auch zu dem vieler seiner dürftigen Mitbürger machen. Ich hatte mich nicht geirrt. Justine vertraute mir, er habe mehr denn zweitausend Gulden edelsinnig hingegeben, um 15 bis 20 der ärmsten Familien des Marktfleckens vom Kopf zu Fuß neu zu kleiden und sogar mit Hemden und Betttüchern zu versehen.

»Aber das ist fürstliche Verschwendung, lieber Fridolin!« rief ich, als wir nach dem kirchlichen Gottesdienst und der feierlichen Trauung zum Mittagsmahl gingen. Dies ward unter freiem Himmel in einer großen Wiese gehalten, wo vier ziemlich lange Tische, unter ausgespannten Zelttüchern, ein großes Viereck bildeten, in dessen Mitte abermals eine gedeckte Tafel für etwa zwanzig Personen stand: »Hast du denn den ganzen Marktflecken zum Hochzeits-schmaus eingeladen? Bist du denn der reiche Mann im Evangelium? Zuviel ist zu viel, lieber Freund.«

Er lachte und sagte: »Sei ohne Kummer! Ich bin nicht reich; und werde durch den Aufwand, welchen du heute wahrnimmst, nur um eine Handvoll kleiner, unnützer Steine ärmer, die bei mir todt im Schranke lagen. Ich habe nämlich Geschenke, die ich in England von verschiedenen Seiten empfing, einige goldene Dosen und Ringe mit ihren Edelsteinen, sag' es Niemandem, verkauft; und sogar den kostbaren Schmuck, den ich vor zwei Wochen von der Familie meines Gönners, des Lords, für meine Braut empfing. Sie hat das Per-lenhalsband und die Diamantennadeln nicht einmal gesehen; sie fand ihr Eigentum nur in den eingelösten Schuldbriefen ihres Vaters wieder. Ich entdeckte ihr erst beim Heimgang aus der Kirche Alles, damit sie mich nur nicht für großmüthiger halte, als ich bin; und damit sie auch das Bewußtsein habe, des Vaters Schulden seien großen Theils durch das Gut seiner Tochter ausgelöscht. – Was hier die langen Gasttische betrifft, ich habe keineswegs den ganzen Marktflecken zur Hochzeit eingeladen; auch nicht einmal die ange-sehenen Familien unsers Orts, du wirst dich in keiner glänzenden Gesellschaft befinden. Es sind die allerärmsten Haushaltungen hie-sigen Orts, welche brav geworden, dem Branntweintrinken fremd, und unserm Mäßigkeits-Verein beigetreten sind. Ich wollte den guten Leuten einen frohen Tag schaffen. Und der kleine Tisch dort in der Mitte ist für uns, und die ersten Gründer des Mäßigkeits-Vereins. Man soll sich heut' mit mir und Justinen freuen!«

Ich drückte dem edeln Menschen die Hand und konnte ihm nur die wenigen Worte sagen: »Du hast deine Steine zum Kleid der Nothleidenden gemacht und deine Perlen in Freudenthränen verwandelt, du Reicher, aber das beneidenswertheste Kleinod behalten. Du trägst es in deiner Brust!«

Bräutigam und Braut empfingen natürlich den Ehrenplatz am mittlern Tisch. Als wir uns gesetzt hatten, begann in einem benachbarten Wäldchen Musik und die Bänke der langen Tafeln des großen Vierecks füllten sich mit den eingeladenen Gästen, Männern und Frauen, den Dürftigsten des Ortes. Aber heut' sah man ihnen keine Dürftigkeit an. Alle zeigten sich in neuen Kleidern, die sie der Freigebigkeit ihres Wohlthäters dankten; alle betrugen sich mit auffallender Anständigkeit und Stille. Nur das Geräusch unzähliger Zuschauer, welche aus dem Marktflecken und benachbarten Dörfern herbeigekommen waren, Zeugen dieser unerhörten Hochzeitfeier zu werden, erfüllte, anfangs vermischt mit den Tönen der Musik, die Luft. Es waltete aber unter den hundert Gästen und tausend Zuschauern bald eine sonderbare Ruhe und Würde, wie sie weder bei solchen Gelegenheiten noch in solchen Volksmassen gewöhnlich ist. War es das Ungewohnte dieses Schauspiels, welches den stillen Ernst, ich möchte fast sagen, die schwermüthigheitere Stimmung verbreitete; oder war es Bewunderung und Hochachtung für das schöne Brautpaar und Erinnerung an dessen frühere Unglückstage? – Ich kann es mir nicht erklären. Selbst die fröhliche, fern aus den Gebüschen hertönende Musik schien die Gemüther nur zu einer wehmüthigen Freude zu stimmen, die nirgends sichtbarer, als in Fridolins und Justines Gesichtszügen zu lesen war.

20. Der Schluß dieser Geschichte.

Gegen Ende der Mahlzeit wurde beim Klang der Weingläser die Unterhaltung der Gäste lebhafter. Da aber stand der ehrwürdige Pfarrer von seinem Platze auf, bestieg die Bank, auf welcher wir saßen, und erhaben über Alle, fing er an zu der Versammlung zu reden. Es herrschte plötzlich allgemeines Schweigen. Der Pfarrer sprach ungefähr folgendermaßen:

»Wertheste Freunde, Mitgäste und all' Ihr Anwesenden!«

»Vielleicht erwartet Ihr einen der üblichen Trinksprüche von mir, mit dem Lobe unsers tugendhaften Brautpaars, dem wir den heutigen Tag der Freude verdanken. Dieses Lob, dieser öffentliche Dank würde ihre bescheidenen Seelen mehr bedrücken, als erfreuen. Die Lebehochs der Trinksprüche sind meistens mit Weingeist erwärmte Höflichkeiten, vergänglich und vergessen, wie der Schall ihres Worts. – Aber, die Ihr wisset und fühlet, was unser edelsinniger Walter zum Segen der ganzen Gemeinde, zum Segen unserer Familien, zum Trost der Nothleidenden unter uns gethan hat, – lieben Freunde, erhebet Eure Blicke gen Himmel, und jeder dieser Blicke werde zum stillen Gebet vor Gott, daß er, der Gnadenreiche, auch *ihn* segne, der *uns* segnete; daß er *ihn* und seine Lebensgefährtin, zu unserm und unserer Kinder Heil lange erhalten wolle!« –

Der Pfarrer schwieg einen Augenblick. Sein Auge war zum Himmel gerichtet. Auf seinen Wimpern glänzte eine Thräne. Und ich sah bald vor mir längs den Tischen gefaltete Hände, himmelwärts gewandte Gesichter, nasse Augen. Dann verbreitete sich überall unruhige Bewegung. Es entstand undeutliches Gemurmel unter Gästen und Zuschauern, das immer lauter und lauter, endlich zum verworrenen Geschrei ward. Man konnte darin nur den Ruf einzelner Worte unterscheiden: »Ja, lange, lange! ewig Fridolin! lange, himmlischer Vater! lange! Walters Segen!«

Keine kirchliche Andacht, nicht das feierliche Zeremoniel eines Gottesdienstes, hat mich jemals so überraschend und gewaltig ergriffen, als dieser Ausbruch des Gefühls, diese Anerkennung vom Werthe eines wohlthätigen Mannes. Wer konnte unter den Tausenden unbewegt bleiben? Und wenn auch die Sterblichen allesammt einzeln, nicht fehlerfrei, nicht sündenlos sind, lebt dennoch in der Brust der Menschheit unsterblich der Sinn für das Heilige fort. Er flammt, als ein reines Licht, noch durch den düstern Ranch ihrer Leidenschaften auf.

Nachdem sich die Aufwallung allmälig wieder gestillt hatte, erhob der ehrwürdige Pfarrer abermals die Stimme und sprach:

»Lieben Freunde! Viele Jahre schon leb' ich unter Euch. Ich habe das göttliche Wort verkündet; den Weg zur Seligkeit gezeigt, mit inbrünstigem Eifer, ohne Unterlaß. Aber nicht ohne Entsetzen mußt' ich seit Jahren wahrnehmen, daß die Religion, das ächte Herzens-Christenthum, in Verfall kam, je länger ich es predigte. Wohl sah ich in der Kirche noch Regungen der Andacht, fromme Hingebung der Gemüther. Aber die Hingebung des Herzens verging dann wieder. Jeder kehrte auf die nüchternen Pfade seiner gewohnten Geschäfte und Neigungen zurück. Die Stunde im Tempel war verlorne Zeit gewesen; und der Ruf Gottes an die Seelen umsonst geblieben. Das schlug meinen Muth oft gänzlich nieder. Ich wußte nicht, ob das Menschengeschlecht heutiges Tages verderbter sei, als vor Zeiten; oder ob mir, zu meinem erwählten Beruf, Kraft und Tüchtigkeit fehlen? Da trat dieser edle Jüngling hervor, den wir mit Freuden Vater und Retter der Gemeinde nennen, und belehrte mich vom Hauptquell des sittlichen Uebels im Volke.«

»Es ist nämlich, seit einem halben Jahrhundert, eine furchtbare Seuche in den meisten Ländern Europas ausgebrochen, welche größere Verwüstungen angerichtet hat, als die tödtliche Cholera und die schmerzenreiche Grippe. Diese Seuche hat sich schon von Europa über die andern Welttheile ausgebreitet und rafft das Leben unzähliger Menschen, ihren Wohlstand, ihre Ruhe hinweg. Ihr kennet die Seuche. *Es ist die Branntweinpestilenz!* Sie verzehrt Lebens- und Vermögenskräfte, Geistesanlagen und Tugenden einzelner Personen, hoher und niederer, ganzer Familien, ganzer Nationen! Sie wird weder durch Schulen und Kirchen, weder durch Apotheken und Regierungsverordnungen, weder durch Gefängnisse, noch durch Zuchthäuser und Kettenstrafen in ihrem Umsichgreifen verhindert und gemindert. Sie geht ansteckend von Haus zu Haus vom Vater zum Sohne über; vom Freunde zum Freunde.«

»Eine alte Sage spricht, daß kein Gift wirksamer beigebracht werden könne, als mit Weibermilch. Das ist ein wahres Wort von der Brannteweinpest! Keine Verderbniß eines Volkes ist so tief eingreifend, so unwiderruflich, als die, welche das häusliche Leben angreift und selbst vom weiblichen Geschlecht geduldet, oft begünstigt wird.«

»Man trinkt und trinkt wohl wieder, um eine vergangene Fröhlichkeit zurückzugewinnen, oder aber, um ein gegenwärtiges Unwohlsein zu verbannen. Man trinkt Tag für Tag, bis der entnervte Leib zusammensinkt, und Verstand und Herz abgestumpft erliegen. Wahrlich, wer seinen Nächsten zum übermäßigen Genuß des Weins, oder zur Angewöhnung des Branntweins verführt, ist in meinen Augen einer der strafwürdigsten Verbrecher. Er ist's der gleichsam den Dolch zuckt, durch welchen bisher unbescholtene Männer fallen und selbst unschuldige Kinder umkommen sollen. Er ist's, der unglückliche Gattinnen ins Grab stürzt und arme Waisen auf die Straße hinauswirft!«

»Aber wie ist jener Pestilenz zu wehren, die so viele Länder überzogen hat? Wie abhelfen, daß fast Niemand an die absolute Schädlichkeit der weingeistigen Getränke glauben mag, ja nicht einmal davon weiß? Wie abhelfen, da die ärmern Leute in ihrer Unerfahrenheit den Branntewein, weil er wohlfeil ist, zur Ermunterung und Stärkung unentbehrlich glauben; und die Bemitteltern ihn als Leckerhaftigkeit nicht vermissen wollen? Wie abhelfen, da selbst Regenten und Gesetzgeber den Beförderern der Pestverbreitung, den Branntweinbrennern, Likörfabrikanten, Casino-, Wein-, Kaffee- und Schenkwirthen Ermunterungen und Privilegien erteilen, um den Absatz gebrannter Wasser zum Vorteil der Staatskassen zu vermehren?«

»Auch derjenige, welcher nur selten ein Glas Branntwein nimmt, fühlt jedesmal sogleich an den Wirkungen, daß dieses Getränk unnatürlich, gesundheitswidrig, den Kopf betäubend, die Nerven angreifend sei. Doch weil es einige Augenblicke mutiger und lustiger macht, ist die Anlockung schnell vorhanden. Mancher nimmt sich ernstlich vor, mäßig zu sein; doch vergebens. Nur *Entsagung* rettet. *Entsagung ist in jeder Beziehung leichter, als Mäßigung.* Wer dem Teufel erlaubt, ihn bloß bei einem einzigen Haupthaar zu nehmen, den zieht er unvermerkt mit Kopf und Leib nach sich. Den Branntewein mäßig trinken wollen, heißt, *nur mäßig sündigen wollen!* Das *Laster* der Trunkenheit schleicht behend der *Lust* am Trinkglase nach.«

»Ich sah lange keine Hilfe, – *keine*, um wenigstens in unserer Gemeinde den Verfall ihres Wohlstandes und Friedens, und das stille Fortwuchern und Fortwürgen der Brannteweinpest zu verhüten. Da kam unser Menschenfreund, unser guter Fridolin Walter, aus England zurück und ward der Engel, welcher den Weg der Rettung zeigte. In allgemeinen Landesgefahren, sagte er: kann kein Regent, kein Gesetzgeber, kein Richter, selbst kein stehendes Kriegsheer helfen. Da muß das Volk selbst aufstehen, und sich selber retten, wenn noch Tugend und Muth der Vaterlandsliebe in ihm vorhanden ist! – Und Fridolin stiftete den Enthaltsamkeits-Verein unter uns. Und die Religion, und in ihrem Gefolge die Unschuld, der Friede der Haushaltungen, die Freundschaft der Bürger, der Wohlstand des Orts, christliche Zucht und Sittsamkeit kehrten allgemach wieder zurück.«

»Lieben Freunde! Sind wir nicht allesammt Schuldner dieses Biedermanns geworden? Wie wollen, wie können wir ihm vergelten? – Ja doch, wir können es! Hier unter Gottes freiem Himmel ein heiliges Gelübde: Verstoßen sei fortan, wie ein Aussätziger, Jeder, der es wagt, die Brannteweinpest in unsere friedlichen Wohnungen zurückzuführen! Mehr noch: Fridolin Walter, nimm unsre schönste Gabe an! Fridolin Walter, wir schenken dir unsere Herzen! unsere Herzen!«

Bei diesen Worten sprang der hochbetagte Geistliche, mit der Raschheit eines Jünglings, von seinem Stand herab; eilte zu Fridolin und umarmte ihn in wahrer Begeisterung. Wir, die wir zunächst standen, folgten, tiefbewegten Gemüthes, seinem Beispiele. Alles Volk erhob sich unter dem Geschrei der Dankbarkeit und Freude von den Sitzen. Es war keine Ruhe mehr herzustellen. Gäste und Zuschauer vermischten sich. Einer drückte dem Andern gerührt die Hand; Einer den Andern an die Brust. Ich sah Justinen von dankenden Mädchen und Frauen umgeben, deren mehrere weinend sich hindrängten, ihre Hände zu küssen. Ach, wie ärntete die Fromme für ihre Perlen so viel tausend Freudenthränen! – Und der gute

Fridolin, fast hatte ich Mitleiden mit ihm. Er war fort und fort von einem Schwarm seiner Mitbürger umringt, in ihrem Gewühl verloren. Jeder wollte ihn sehen, jeder ihm ein Wort der Liebe sagen. Erst mit einbrechender Nacht trat er wieder zu uns ins Haus, wo ihn sein junges Weib und seine vortreffliche Mutter mit neuer Lust und stolzem Entzücken empfingen.

Über tredition

Eigenes Buch veröffentlichen

tredition wurde 2006 in Hamburg gegründet und hat seither mehrere tausend Buchtitel veröffentlicht. Autoren veröffentlichen in wenigen leichten Schritten gedruckte Bücher, e-Books und audio-Books. tredition hat das Ziel, die beste und fairste Veröffentlichungsmöglichkeit für Autoren zu bieten.

tredition wurde mit der Erkenntnis gegründet, dass nur etwa jedes 200. bei Verlagen eingereichte Manuskript veröffentlicht wird. Dabei hat jedes Buch seinen Markt, also seine Leser. tredition sorgt dafür, dass für jedes Buch die Leserschaft auch erreicht wird.

Im einzigartigen Literatur-Netzwerk von tredition bieten zahlreiche Literatur-Partner (das sind Lektoren, Übersetzer, Hörbuchsprecher und Illustratoren) ihre Dienstleistung an, um Manuskripte zu verbessern oder die Vielfalt zu erhöhen. Autoren vereinbaren direkt mit den Literatur-Partnern die Konditionen ihrer Zusammenarbeit und partizipieren gemeinsam am Erfolg des Buches.

Das gesamte Verlagsprogramm von tredition ist bei allen stationären Buchhandlungen und Online-Buchhändlern wie z. B. Amazon erhältlich. e-Books stehen bei den führenden Online-Portalen (z. B. iBookstore von Apple oder Kindle von Amazon) zum Verkauf.

Einfach leicht ein Buch veröffentlichen: **www.tredition.de**

Eigene Buchreihe oder eigenen Verlag gründen

Seit 2009 bietet tredition sein Verlagskonzept auch als sogenanntes "White-Label" an. Das bedeutet, dass andere Unternehmen, Institutionen und Personen risikofrei und unkompliziert selbst zum Herausgeber von Büchern und Buchreihen unter eigener Marke werden können. tredition übernimmt dabei das komplette Herstellungs- und Distributionsrisiko.

Zahlreiche Zeitschriften-, Zeitungs- und Buchverlage, Universitäten, Forschungseinrichtungen u.v.m. nutzen diese Dienstleistung von tredition, um unter eigener Marke ohne Risiko Bücher zu verlegen.

Alle Informationen im Internet: **www.tredition.de/fuer-verlage**

tredition wurde mit mehreren Innovationspreisen ausgezeichnet, u. a. mit dem Webfuture Award und dem Innovationspreis der Buch Digitale.

tredition ist Mitglied im Börsenverein des Deutschen Buchhandels.

Dieses Werk elektronisch lesen

Dieses Werk ist Teil der Gutenberg-DE Edition DVD. Diese enthält das komplette Archiv des Projekt Gutenberg-DE. Die DVD ist im Internet erhältlich auf **http://gutenbergshop.abc.de**